HERANÇA
Miguel Bonnefoy

HERANÇA

Miguel Bonnefoy

Tradução: Arnaldo Bloch

1ª reimpressão

VESTÍGIO

Copyright © 2021 Éditions Payot & Rivages

Título original: *Héritage*

Todos os direitos reservados pela Editora Vestígio. Nenhuma parte desta publicação poderá ser reproduzida, seja por meios mecânicos, eletrônicos, seja via cópia xerográfica, sem a autorização prévia da Editora.

Cet ouvrage, publié dans le cadre du Programme d'Aide à la Publication année 2021 Carlos Drummond de Andrade de l'Ambassade de France au Brésil, bénéficie du soutien du Ministère de l'Europe et des Affaires étrangères. Cet ouvrage a également bénéficié du soutien des Programmes d'aides à la publication de l'Institut Français.

AMBASSADE DE FRANCE AU BRÉSIL
Liberté
Égalité
Fraternité

Este livro, publicado no âmbito do Programa de Apoio à Publicação ano 2021 Carlos Drummond de Andrade da Embaixada da França no Brasil, contou com o apoio do Ministério francês da Europa e das Relações Exteriores. Este livro contou também com o programa de apoio à publicação do Institut Français.

EDITOR RESPONSÁVEL	PREPARAÇÃO DE TEXTO	CAPA
Arnaud Vin	*Sonia Junqueira*	*Diogo Droschi (sobre ilustração de Ann.and.Pen/Shutterstock)*
EDITOR ASSISTENTE	REVISÃO	
Eduardo Soares	*Eduardo Soares*	DIAGRAMAÇÃO
		Christiane Morais de Oliveira

Dados Internacionais de Catalogação na Publicação (CIP)
Câmara Brasileira do Livro, SP, Brasil

Bonnefoy, Miguel
  Herança / Miguel Bonnefoy ; tradução Arnaldo Bloch. -- 1. ed.;
1. reimp. -- São Paulo : Vestígio, 2022.

  Título original: Héritage
  ISBN 978-65-86551-34-1

  1. Ficção francesa 2. Realismo mágico 3. Saga familiar I. Título.

21-63644   CDD-843

Índices para catálogo sistemático:
1. Ficção : Literatura francesa 843

Aline Graziele Benitez - Bibliotecária - CRB-1/3129

A **VESTÍGIO** É UMA EDITORA DO **GRUPO AUTÊNTICA**

São Paulo
Av. Paulista, 2.073 . Conjunto Nacional
Horsa I . Sala 309 . Cerqueira César .
01311-940 São Paulo . SP
Tel.: (55 11) 3034 4468

Belo Horizonte
Rua Carlos Turner, 420
Silveira . 31140-520
Belo Horizonte . MG
Tel.: (55 31) 3465 4500

www.editoravestigio.com.br
SAC: atendimentoleitor@grupoautentica.com.br

Para Selva,
a única a saber a continuação.

Aqueles que não podem recordar o passado estão condenados a repeti-lo.

George Santayana

Lazare

Lazare Lonsonier lia durante o banho quando a notícia da Primeira Guerra Mundial chegou ao Chile. Naquela época, ele tinha o hábito de folhear os jornais franceses a doze mil quilômetros de distância, com o corpo imerso em água morna, perfumada por raspas de limão. Anos depois, ao voltar do *front* só com meio pulmão, e tendo perdido dois irmãos nas trincheiras do Marne, nunca mais conseguiria dissociar as fragrâncias cítricas e o ranço das granadas.

Segundo os relatos familiares, seu pai, em tempos remotos, fugira da França levando trinta francos num bolso e uma videira no outro. Nascido em Lons-le-Saunier, nas montanhas do Jura, ele cuidava dos seis hectares de seu vinhedo quando a grande praga de filoxera veio secar suas castas e levá-lo à ruína. Em poucos meses, do legado de quatro gerações de viticultores só lhe restavam, no sopé das encostas, as raízes mortas dos pomares e algumas plantas selvagens, das quais se extraía um triste absinto.

Ele deixou essas terras de calcário e cereais, de nozes e cogumelos, e embarcou num navio de ferro saindo do Havre rumo à Califórnia. Como o Canal do Panamá ainda não tinha sido aberto, a embarcação teve que contornar pelo sul das Américas, e ele foi obrigado a viajar quatro dias a bordo de um *cap-hornier*[1] no qual duzentos homens, em porões entulhados de gaiolas de aves, entoavam fanfarras tão barulhentas que ele foi incapaz de fechar os olhos até as proximidades da costa da Patagônia.

Uma noite, quando vagueava como um sonâmbulo por um corredor de beliches, ele viu, na penumbra, uma velha mulher com os lábios amarelos, coberta por pulseiras, sentada numa cadeira de palha, com a testa tatuada de estrelas. Fez sinal para que ele se aproximasse e o interpelou.

– Não consegue dormir?

Ela tirou do sutiã uma pequena pedra verde, menor que uma pérola de ágata e cravejada por minúsculas cavidades cintilantes.

– São três francos.

Ele pagou, e a velha aqueceu a pedra no fundo de um casco de tartaruga, enquanto agitava a fumaça sob seu nariz. O vapor subiu tão rápido à cabeça que ele pensou que era o fim. Naquela noite, dormiu quarenta e sete horas de um sono forte e profundo, no qual vinhedos dourados eram percorridos por criaturas marinhas. Ao acordar, vomitou tudo o que tinha no ventre e, incapaz de sustentar o peso do próprio corpo, não saiu da cama. Ele jamais soube se foram as fumaças da velha cigana

---

[1] Expressão francesa usada para designar qualquer navio que atravesse o Cabo Horn (em francês, Cap Horn), ponto mais meridional da América do Sul. [N.T.]

ou as fétidas emanações das gaiolas do porão, mas caiu num estado de febre delirante. Passou toda a travessia do Estreito de Magalhães alucinando, em meio às catedrais de gelo, vendo sua pele se cobrir de manchas grisalhas, como se seu corpo se desfizesse em cinzas. Ao capitão, que já sabia reconhecer os primeiros sinais da bruxaria, bastou bater o olho para prever a ameaça de uma epidemia.

– É a febre tifoide. Vamos desembarcá-lo na próxima escala.

Foi assim que, em plena Guerra do Pacífico, ele aportou em Valparaíso, na costa do Chile, um país que ele não sabia localizar num mapa e cuja língua ignorava completamente. Ao chegar, juntou-se à longa fila que se estendia paralela a um armazém de pesca, na direção do posto alfandegário. Percebeu que o agente de imigração fazia sempre duas perguntas a cada passageiro antes de carimbar a ficha. Concluiu que a primeira deveria ter a ver com a procedência do passageiro, e a segunda, logicamente, se referia à destinação. Quando chegou sua vez, o agente perguntou, sem levantar os olhos:

– *Nombre?*

Sem entender uma palavra de espanhol, mas convencido de ter adivinhado a pergunta, ele respondeu, sem hesitação:

– Lons-le-Saunier.

A expressão no rosto do agente não dizia nada e, com um gesto cansado, ele se limitou a anotar, preguiçosamente: "Lonsonier".

O funcionário prosseguiu:

– *Fecha de nacimiento?*

– Califórnia.

O agente encolheu os ombros, escreveu uma data e entregou a ficha ao viajante. Naquele instante, o homem que deixara os vinhedos do Jura foi rebatizado Lonsonier e nasceu pela segunda vez em 21 de maio, dia de sua chegada ao Chile. Ao longo do século que se anunciava, ele jamais retomaria o rumo do Norte, desencorajado pelo deserto do Atacama e pelos augúrios das xamãs. Às vezes, quando olhasse para as colinas da Cordilheira, diria:

– O Chile me faz pensar na Califórnia.

Lonsonier habituou-se rápido às estações invertidas, às *siestas* no meio do dia e ao novo nome, que, apesar de tudo, preservava sonoridades francesas. Aprendeu a reconhecer os tremores de terra e a agradecer a Deus por tudo, mesmo pela desgraça. Ao fim de poucos meses, falava como se fosse nativo da região, pronunciando os *r* como as rochas de um rio, acusado apenas por um leve sotaque. Como lhe haviam ensinado a ler as constelações do zodíaco e a medir as distâncias astronômicas, decifrou a nova escritura austral, na qual a álgebra das estrelas era efêmera, e compreendeu que viera parar num outro mundo, um mundo feito de pumas e araucárias, um mundo primordial, povoado por gigantes de pedra, salgueiros e condores.

Foi contratado para chefiar a viticultura nos domínios de Concha y Toro e construiu várias adegas, ou *bodegas*, como eram chamadas, em fazendas de criadores de lhamas e tratadores de gansos. A antiga vinícola francesa, nas bordas da Cordilheira, precisava renovar-se e renascer naquele talho de terra longo e estreito, suspenso no continente como uma espada à cintura, onde o sol era belo. Não demorou para ser admitido numa confraria de expatriados, transferidos, *chilianizados*, ligados por hábeis alianças e enriquecidos pelo comércio de vinho estrangeiro. O humilde viticultor, o pobre camponês que tomara a estrada dos mistérios, viu-se, subitamente, no comando de várias propriedades, convertido num engenhoso homem de negócios. Nada, nem as guerras, nem a filoxera, nem as revoltas ou as ditaduras afetavam sua nova prosperidade. Tanto que, ao festejar seu primeiro ano em Santiago, Lonsonier abençoou o dia em que uma cigana, a bordo de um navio de ferro, queimou uma pedra verde sob suas narinas.

Ele se casou com Delphine Moriset, uma moça ruiva frágil e suave, de cabelos lisos, vinda de uma antiga família bordalesa de comerciantes de guarda-chuvas. Delphine contava que sua família decidira migrar para São Francisco depois de um período de seca na França, na esperança de abrir uma loja na Califórnia. Os Moriset atravessaram o Atlântico e costearam o Brasil e a Argentina antes de passar pelo Estreito de Magalhães, quando fizeram uma escala no porto de Valparaíso. Por uma ironia do destino, chovia naquela manhã. Num ímpeto, seu pai, o Sr. M. Moriset, desceu ao cais com um baú e vendeu em uma hora todos os guarda-chuvas que traziam na bagagem. Não voltaram ao navio e trocaram São Francisco por esse país de garoas, espremido entre uma montanha e um oceano, onde, dizia-se, em certas regiões a chuva podia cair sem parar durante meio século.

Unido pelos acidentes do destino, o casal instalou-se em Santiago, numa casa em estilo andaluz na Rua Santo Domingo, perto do Rio Mapocho, cujas cheias acompanhavam o degelo da neve. A fachada se escondia por trás de três limoeiros. Os cômodos, todos com pé-direito alto, exibiam um mobiliário da época do Império composto de peças artesanais de vime de Punta Arenas. Em dezembro, mandavam trazer especialidades francesas, e a casa se enchia de abóboras e vitela recheada, gaiolas apinhadas de codornas vivas e faisões depenados, que já vinham deitados sobre bandejas de prata, com uma carne tão endurecida pela viagem que não se podia cortá-la ao chegar. As mulheres então se dedicavam a experiências culinárias improváveis, mais próximas da magia que da gastronomia. Misturavam às velhas tradições das mesas francesas a vegetação da Cordilheira, impregnando os corredores de aromas misteriosos e fumaças amarelas. Serviam-se empanadas recheadas com chouriço, frango ao malbec, *pasteles de jaiba* com queijos de Flandres e *reblochons* tão fedorentos que as criadas chilenas achavam que vinham de vacas doentes.

Os filhos que tiveram, em cujas veias não corria uma única gota de sangue latino-americano, eram mais franceses que os franceses. Lazare Lonsonier foi o primeiro dos três meninos a nascer em quartos cobertos de lençóis vermelhos cheirando a *aguardiente* e a poção de serpente. Mesmo cercado por matronas que falavam *mapuche*, sua primeira língua foi o francês. Os pais não queriam privá-los dessa herança migratória, que, no fim das contas, salvara-os do exílio: era, entre eles, como um refúgio secreto, um código de classe, ao vestígio e triunfo de uma vida anterior.

Na tarde do nascimento de Lazare, quando o batizavam sob os limoeiros na entrada da casa, fizeram uma procissão no jardim e, vestindo ponchos brancos, celebraram o ato ressuscitando a videira que o velho Lonsonier trouxera no bolso e guardara, junto com um punhado de terra, dentro de um chapéu.

– Neste momento – ele disse – cobrindo o caule de terra – nós plantamos, de fato, nossas raízes.

Desde então, sem nunca ter estado lá, o jovem Lazare Lonsonier imaginou a França envolta na mesma fantasia com que os cronistas das Índias provavelmente imaginaram o Novo Mundo. Passou a juventude num universo de histórias mágicas e remotas, protegido das guerras e das agitações políticas, sonhando com uma França que havia sido retratada, nos livros, como uma sereia. Nela, vislumbrava um império que conduzira tão alto a arte do refinamento que a descrição dos viajantes não podia superar o próprio Império. A distância, as raízes extraviadas, o tempo haviam embelezado esses lugares que seus pais, com amargura, abandonaram. Assim, sem conhecê-la, sentia saudade da França.

Certo dia, um vizinho com sotaque germânico perguntou de que região vinha seu nome. O rapaz louro, de porte elegante, era originário de uma corrente migratória de colonos alemães ao Chile, vinte anos antes. Sua família se instalara no sul para trabalhar as terras escassas da Araucânia. Lazare voltou para casa com a pergunta entalada na garganta. À noite, seu pai, consciente de que a família herdara seu patrimônio de um mal-entendido na alfândega, murmurou em seu ouvido:

– Quando você for à França, encontrará seu tio. Ele vai contar tudo.

– Como ele se chama?

– Michel René.

– Onde ele mora?

– Aqui – disse, apontando para o coração.

As tradições do velho continente estavam tão arraigadas na família que, no mês de agosto, ninguém se surpreendeu com a chegada da moda dos "banhos". Uma tarde, o pai Lonsonier chegou em casa cheio de opiniões sobre a higiene doméstica. Em seguida, importou uma banheira com pés decorativos, que não tinha nem torneiras nem ralo: era só um grande ventre de mulher grávida onde duas pessoas podiam se acomodar lado a lado em posição fetal. Madame ficou impressionada, as crianças se divertiram com as proporções da peça, e o pai explicou que ela era feita de presas de elefante, provando, assim, que a nova aquisição da família era a descoberta mais fascinante depois do motor a vapor ou da máquina de fotografar.

Para enchê-la, pediu ajuda a Fernandito Bracamonte, *el aguatero*, o carregador de água do bairro, pai de Hector Bracamonte, que teria, alguns anos depois, um papel capital na genealogia familiar. Já naquela idade era um homem curvado como um galho de bétula, com enormes mãos de obreiro. Atravessava a cidade montado em lombo de mula, puxando uma carroça com barricas de água quente, e subia os degraus para encher as bacias com gestos cansados. Dizia ser o mais velho de uma irmandade que vinha do outro lado do continente, no Caribe, entre os quais Severo Bracamonte, o garimpeiro, um restaurador de igrejas de Saint-Paul-du-Limon, um utopista de Libertalia e um cronista *maracucho* que respondia pelo nome de Babel Bracamonte. Mesmo com tantos confrades, ninguém parecia se preocupar com ele na noite em que os bombeiros o encontraram afogado na traseira de um caminhão-pipa.

A banheira foi instalada e, como todos os Lonsonier lavavam-se em fila, um de cada vez, mergulharam alguns limões, colhidos das árvores no alpendre, para purificar a água, e arrumaram um suporte de bambu para ajudar a folhear o jornal.

Por isso, em agosto de 1914, quando a notícia da Primeira Guerra Mundial chegou ao Chile, Lazare Lonsonier lia durante seu banho. Uma pilha de jornais tinha chegado naquele dia com dois meses de atraso. *L'Homme Enchaîné* publicava telegramas do imperador Guilherme II ao Czar. *L'Humanité* anunciava o assassinato de Jaurès. *Le Petit Parisien* informava sobre o estado de sítio geral. Mas a última edição do *Petit Journal* exibia, numa grande manchete com caracteres intimidadores, que a Alemanha acabava de declarar guerra à França.

– *Pucha!* – exclamou.

A notícia despertou em sua consciência a distância que os separava. Súbito, sentiu-se dominado por uma noção de pertencimento àquele país longínquo, atacado em suas fronteiras. Saltou da banheira. No espelho, viu um corpo baixo, magro e inofensivo, inapto para o combate. Mesmo assim, experimentou um renovado heroísmo. Contraiu os músculos, e um orgulho sóbrio abrasou seu coração. Parecia reconhecer o sopro de seus ancestrais e, nesse instante, teve uma intuição medonha: deveria, com certeza, obedecer ao destino que, depois de uma geração, lançava os seus rebentos ao mar.

Enrolou-se numa toalha e desceu ao salão brandindo o jornal. Diante da família reunida, com o corpo emanando um denso perfume de limão, elevou o punho e declarou:

– Vou lutar pela França!

Naquela época, a memória da Guerra do Pacífico permanecia viva. O caso de Tacna e Arica, províncias peruanas conquistadas pelo Chile, ainda criava conflitos de fronteira. Como o exército peruano era vinculado à

França e o chileno, à Alemanha, era natural para os filhos de imigrantes europeus, nascidos nas encostas da Cordilheira, ver na discórdia da Alsácia-Lorena uma analogia com a contenda de Tacna-Arica. Os três irmãos Lonsonier – Lazare, Robert e Charles – abriram um mapa da França sobre a mesa e se puseram a estudar meticulosamente o deslocamento das tropas, sem ter a mínima ideia daquilo que viam, convencidos de que seu tio Michel René travava batalhas nas pradarias de Argonne. Proibiram que se tocasse Wagner no salão e, com taças de *pisco* à mão, sob a luz de uma lâmpada, divertiram-se dizendo os nomes de rios, vales, cidades e aldeias. Em poucos dias, o mapa estava coberto de tachinhas coloridas, alfinetes e bandeirolas de papel. Pesarosas, as criadas observavam a pantomima, respeitando a ordem de não pôr a mesa enquanto o mapa estivesse sobre ela. Além do mais, ninguém na casa entendia como era possível lutar por uma região onde não se reside.

No entanto, em Santiago, a guerra ecoava como um chamado vizinho, tão poderoso que, em breve, estaria no centro de todas as conversas. De repente, uma outra liberdade – aquela da escolha, aquela da pátria – irrompia diante deles, afirmando sua presença e sua promessa de glória. Nas paredes do consulado e da embaixada foram colados cartazes que alertavam para a mobilização geral e anunciavam coletas de fundos. Edições especiais eram impressas com urgência, e senhoritas que só falavam espanhol confeccionavam caixas de chocolate em forma de quepes. Um aristocrata francês instalado no Chile reservou três mil francos para recompensar o primeiro soldado franco-chileno a ser condecorado por um ato de guerra. Os cortejos se formaram nas principais avenidas, e os navios começaram a se encher de recrutas, filhos ou netos de colonos, que partiam para guarnecer as fileiras com as fisionomias confiantes, as mochilas cheias de roupas dobradas e amuletos feitos de escamas de carpa.

O espetáculo era tão sedutor, tão radiante, que os irmãos Lonsonier, arrastados por aquela hora grandiosa, não puderam resistir ao desejo ardente de participar da mobilização em massa. Em outubro, na Avenida Alameda de Santiago, diante de quatro mil pessoas, fizeram parte do grupo de oitocentos franco-chilenos que deixaram a estação de Mapocho na direção de Valparaíso, onde deviam embarcar num navio com destino à França. Uma missa foi celebrada na igreja San Vicente de Paul, entre as ruas 18 de Septembro e San Ignacio, e uma banda militar interpretou a *Marseillaise* de forma retumbante diante de uma plateia tricolor. Mais tarde, soube-se que os reservistas eram tantos que foi preciso engatar vagões especiais à fileira do expresso *del norte*, e que muitos voluntários atrasados levaram quatro dias para transpor a Cordilheira dos Andes, coberta de neve naquela estação do ano, antes de chegar ao navio em Buenos Aires.

A travessia foi longa. O mar produziu em Lazare um misto de angústia e fascínio. Enquanto Robert lia o dia inteiro na sua cabine e Charles se exercitava na ponte, ele fumava, escutando os rumores que circulavam entre os outros recrutas. Pela manhã, eles entoavam cantos militares e marchas heroicas, mas à noite, ao poente, sentados em círculo, contavam histórias apavorantes que diziam que no *front* choviam cadáveres de pássaros, que a febre negra fazia germinar *escargots* no estômago, que os alemães gravavam à faca suas iniciais na pele dos prisioneiros e que doenças desaparecidas desde os tempos do Barão de Pointis estavam de volta. Mais uma vez, Lazare evocava a França como uma quimera, uma arquitetura feita de relatos. Quando, ao fim de quarenta dias, distinguiu a costa francesa, deu-se conta de que o único pensamento que não havia considerado era o de que ela realmente existia.

Para o desembarque, ele vestiu uma calça de veludo cotelé, mocassim de palmilhas finas e um paletó de malha trançada que herdara do pai. Vestido à chilena, pisava no cais com a ingenuidade do adolescente que um dia fora, não com o orgulho do soldado que se tornaria. Charles, por sua vez, usava um traje de marinheiro, uma camisa de listras azuis e uma boina de algodão coroada por um pompom vermelho. Tinha esculpido no rosto um bigode fino, perfeitamente simétrico, ornando os lábios à moda de seus gloriosos ancestrais gauleses, o qual alisava com um pingo de saliva. Robert trajava uma camisa com peitilho, calça de cetim e, pendurado na cintura, exibia um relógio de prata atado a uma correntinha. Só no dia de sua morte soube-se que a peça sempre marcava a hora chilena.

A primeira coisa que notaram ao descer no cais foi o perfume, quase idêntico ao do porto de Valparaíso. Mas não tiveram tempo de evocá-lo, pois, imediatamente, foram enfileirados diante de um comando da companhia e receberam uniformes: uma calça vermelha, um capote fechado por duas séries de botões, polainas e um par de botas em couro. Em seguida, subiram em caminhões militares que transportavam milhares de jovens imigrantes aos campos de batalha, prestes a se dilacerarem no seio do continente que seus pais, um dia, haviam deixado para nunca mais voltar. Sentados frente a frente em bancos longos, nenhum deles falava o francês que Lazare conhecia dos livros, de traçado espirituoso e palavras seletas. Só davam ordens sem poesia e insultavam um inimigo que não se via nunca. À noite, após a chegada, numa fila diante de quatro grandes panelas de ferro fundido em que dois cozinheiros ferviam um ensopado de ossos, Lazare só ouvia dialetos bretões e provençais. Por um instante, foi tentado a retornar à embarcação, tomar o mesmo caminho que o trouxera e voltar para casa. Mas lembrou-se da promessa e decidiu que se algum dever patriótico existia para além das fronteiras, era o de defender o país de seus avós.

Nos primeiros dias, Lazare Lonsonier esteve tão ocupado nas tarefas de consolidar trincheiras, fixar troncos e divisórias, estabilizar o solo com placas, que não teve tempo de sentir falta do Chile. Com seus irmãos, passou mais de um ano instalando arame farpado, dividindo a comida em porções e transportando caixas de explosivos por longas vias bombardeadas, exposto a baterias de artilharia, entre uma linha e outra. No início, para preservar a dignidade de soldados, sempre que encontravam uma fonte de água limpa tomavam banho com um pouco de sabão, que cobria seus braços com uma espuma cinzenta. Deixaram crescer as barbas, mais por moda que por desleixo, merecendo, como os demais soldados franceses entrincheirados, a honrosa alcunha de *poilus*. Mas à medida que passavam os meses, o preço da dignidade se tornava humilhante. Em grupos de dez, eles se submetiam ao degradante ritual da desinfecção: completamente nus, num prado, com suas roupas mergulhadas em água fervente, esfregando seus fuzis com uma mistura de fuligem e gordura. Depois vestiam de novo seus uniformes rasgados, imundos, desfiados, cujos odores perseguiriam Lazare até as horas mais sombrias da ascensão nazista.

Corria o boato de um prêmio de trinta francos oferecido a quem trouxesse uma informação do *front* inimigo. Rapidamente, nas piores condições, soldados rasos, esfomeados, tentaram a sorte, rastejando por entre cadáveres cobertos de larvas. Enfiavam-se na lama como animais e ficavam em vigília, abrindo espaço entre os cachos de suas espessas cabeleiras, na esperança de pescar, pela fenda dos ouvidos, uma data, uma hora, um indício de ataque. Longe de seus alojamentos, eles se insinuavam ao longo das linhas alemãs, tremendo de pavor e de frio, e, em sua função de vigias clandestinos, passavam às vezes noites inteiras encolhidos em buracos de explosão. O único a ver a cor do dinheiro foi Augustin Latour, um cadete que vinha de Manosque. Ele dizia ter descoberto um alemão no fundo de um barranco, o pescoço quebrado pela queda. Ao revistar seus bolsos, só encontrou cartas em alemão, notas de marcos e pequenas moedas com um buraco quadrado no meio. Mas num fundo falso em couro, ao nível da cintura, avistou os trinta francos, cuidadosamente dobrados em seis, que o alemão sem dúvida roubara de um cadáver francês. Ele agitava as notas, repetindo:

– Eu reembolsei a França!

Foi mais ou menos nessa época que descobriram um poço a meio caminho entre as duas trincheiras. Até o fim de sua vida, Lazare Lonsonier não soube como as duas linhas inimigas fizeram para acertar os termos do cessar-fogo que permitia seu uso. Por volta de meio-dia, os tiros cessavam, e um soldado francês tinha meia hora para sair de sua trincheira, encher de água um punhado de baldes volumosos e retornar. Passada a meia hora, era a vez de um soldado alemão se abastecer. Assim que os dois *fronts* estivessem guarnecidos, os tiros recomeçavam. Era a maneira de sobreviverem, para seguirem se matando. Essa dança macabra se reproduzia diariamente com uma precisão militar, sem tropeços de parte a parte, num estrito respeito aos códigos cavalheirescos da guerra. A ponto de muitos voltarem do poço dizendo terem ouvido pela primeira vez, desde o início do conflito, o canto distante de um pássaro ou o murmúrio de um moinho.

Um dia, Lazare Lonsonier se voluntariou. Carregando quatro baldes pendurados nos antebraços, vinte cantis vazios a tiracolo e uma bacia para lavar louças entre as mãos, ele chegou ao poço em dez minutos de marcha, perguntando-se como daria conta do caminho de volta com os mesmos recipientes cheios. O poço, envolvido por um velho canteiro e uma mureta decrépita, tinha a tristeza de um viveiro vazio. Em seu entorno jaziam algumas bacias cravejadas de balas e um uniforme militar que alguém abandonara em suas bordas.

Ele amarrou a alça do balde numa corda e o fez descer até ouvir um esguicho. Quando o puxou de volta, uma massa surgiu, súbita como um rochedo, diante dele.

Lazare levantou a cabeça. De pé, coberto de lama de camuflagem, um soldado alemão apontava sua arma contra ele. Aterrorizado, ele soltou a corda, deixou cair o balde, girou o corpo num impulso, tentou fugir, mas tropeçou numa pedra e gritou:

— *Pucha!*

Esperou pelo tiro, que não veio. Lentamente, abriu os olhos e voltou-se para o soldado, que deu um passo à frente. Lazare recuou. O homem com certeza não tinha a mesma idade que ele, mas o uniforme, as botas, o capacete, tudo lhe dava vantagem. O soldado alemão abaixou sua pistola e perguntou:

— *Eres chileno?*

A frase foi sussurrada num espanhol perfeito, um espanhol que evocava condores selvagens e *arrayanes*, corvos marinhos e rios que cheiravam a eucalipto.

— *Si* — respondeu Lazare.

O soldado pareceu aliviado.

— *De donde eres?*

— *De Santiago.*

O alemão sorriu.

— *Yo también. Me llamo Helmut Drichmann.*

Lazare reconheceu o jovem vizinho da Rua Santo Domingo, o mesmo que lhe perguntara, dez anos antes, a origem de seu nome. A notícia da guerra caíra em suas cabeças ao mesmo tempo. Os dois cederam à tentação de atravessar um oceano para defender outro país, outra bandeira, mas agora, diante daquele poço, no espaço de um instante, eles voltavam em silêncio a beber da fonte que lhes dera a vida.

— *Escuchame* — disse o alemão. — Estamos preparando um ataque-surpresa sexta-feira à noite. Dê um jeito de ficar doente e passe a madrugada na enfermaria. Isso pode salvar sua vida.

Helmut Drichmann pronunciou essas palavras num sopro só, sem cálculo nem estratégia. Ele o disse como quem dá água a outro homem. Não porque se tem a água, mas porque se tem a sede. O alemão retirou seu capacete com um gesto lento, e só então Lazare pode vê-lo direito. Seu rosto era de uma beleza de mármore, pesado e translúcido, de uma cor sóbria, cuja pátina remetia ao charme das velhas estátuas. Lazare lembrou-se de todos aqueles soldados que dormiam nas fossas na esperança de flagrar uma conversa, de revelar o esconderijo de um pelotão ou a posição secreta de uma metralhadora. Então mediu o preço dessa confidência, que lhe pareceu, de repente, absurda e transparente, lançada, com suas grandezas e suas infâmias, nas verdadeiras dimensões da História.

Ele viveu naquele dia o primeiro dilema de uma longa cadeia que perseguiria as gerações que viriam após a sua. Deveria salvar a própria pele, refugiado na enfermaria, ou proteger seus companheiros, fazendo, imediatamente, um relatório ao oficial superior? A recusa em escolher crescia dentro dele com um clamor silencioso. Assim que retornou às linhas francesas e encarou seus confrades, temeu que pudessem ler em seus olhos a dupla identidade de mentiroso e traidor que assumia.

Concluiu que, por amor ao Chile, era necessário respeitar o segredo que Helmut Drichmann acabava de lhe confiar. Imaginou um meio-termo impossível entre a impostura e a confissão. Procurou um indício, um sinal que pudesse confortar sua escolha, mas diante de seus camaradas exaustos, permaneceu hesitante. Mas ao ver Charles e Robert sob cobertas encardidas, deitados em leitos de milho prensado, a vergonha que experimentou foi tanta que, sem nada poder fazer, viu sua decisão esvair-se. Compreendeu que a verdadeira fraternidade o ligava, no fundo dele mesmo, a uma outra escolha. Ainda levou um tempo para perceber. Estava longe de supor que acabava de se abrir nele a primeira ferida. Com um discreto pudor, uma hora depois de sua chegada, informou ao seu superior sobre a emboscada alemã. Quando lhe ofereceram os trinta francos de prêmio, ele recusou.

Na quinta-feira, ao amanhecer, o esquadrão de Lazare atacou, com cinquenta homens bem armados. Pegos de surpresa quando ainda dormiam, os alemães foram incapazes de reagir à ofensiva. Os franceses jogaram granadas nas camadas de palha, incendiaram a despensa, executaram prisioneiros, soltaram as matilhas de cães, fuzilaram os reféns. Durante muitas horas, cometeram os mesmos abusos que atribuíam ao inimigo. Logo, os derrotados rastejavam na lama em torno dos vencedores. Lazare procurou com os olhos o cadáver de Helmut Drichmann na planície fumacenta. Revirou corpos, decifrou suas insígnias, curvado sobre cada uniforme, tão concentrado que não viu o projétil estourar próximo dele.

A bomba explodiu a um metro com uma força letal. Muitos anos mais tarde, no fim de sua vida, na casa em Santo Domingo, prestes a deixar este mundo, Lazare reviveria com precisão horripilante a memória daquela detonação que o lançou nas escavações de um abrigo vizinho e estilhaçou suas costelas numa pedra. O choque abriu seu flanco esquerdo e cavou nele um buraco tão profundo que era possível identificar, coberto de terra e de chuva, seu pulmão, exposto. Antes de perder a consciência, pensou ter visto o rosto de Helmut Drichmann curvar-se sobre ele. Em seguida, deixou-se afundar num abismo etéreo e esqueceu a cena durante anos. Até o dia em que, três décadas e dois meses depois, aquele mesmo soldado alemão, carregado de ouro e de lama, foi procurá-lo em sua sala para conduzi-lo a seu próprio encontro com a morte.

Thérèse

A queda não o matou. Lazare continuou inconsciente, à espera de um médico que chegasse da retaguarda para lhe aplicar um antisséptico. Por três noites, a única prova de que ainda vivia eram as convulsões que agitavam seu peito. Foram necessárias injeções de óleo de cânfora, morfina e cápsulas de papoula para aliviar a dor, mas todos os métodos falharam. Numa terça-feira chuvosa, ele foi o primeiro paciente a se submeter a uma lobectomia. E possivelmente o único a guardar vagas impressões e memórias confusas desse método cirúrgico que se tornaria um dos grandes orgulhos da medicina moderna. Seguiu doente por várias semanas e finalmente despertou com um peso na cabeça e as pálpebras dilatadas, num hospital que, antes, era provavelmente um pardieiro de três andares e quatro sacadas, cujos quartos ainda abrigavam vestígios do que seria uma família outrora feliz.

O quarto onde acordou devia ser o das crianças, pois a janela, pintada em cores de pássaros exóticos, tinha sido interditada para que não se pudesse ter acesso à varanda. Ele retirou todos os curativos nos quais o haviam enrolado e a atadura em linho branco sobre seu ombro esquerdo. Quando perguntou pelos irmãos, disseram que Charles havia sido morto à baioneta perto de Arras, numa noite violenta e estrondosa, depois de ter lutado, com paixão rutilante, até o sol raiar. Robert morrera no dia seguinte, um fuzil numa das mãos, uma garrafa de vinho na outra. Um tanque avançara sobre ele no momento em que a trincheira alemã estava quase subjugada, bem ali, ao lado da terra que seus ancestrais um dia nutriram de vinhedos. Ao receber as duas notícias, com suas laterais comprimidas por grossos curativos, uma dor intensa e teve um acesso de tosse tão atroz que escorregou e bateu com a cabeça no gaveteiro ao lado da cama. Novamente, mergulhou num coma profundo e escuro, um poço sem cordas nem bordas, moído por espasmos e tremores, fazendo crer que, ao despertar, a loucura estaria à sua espera. Nos anos vindouros, seria impossível a Lazare Lonsonier evocar a guerra sem reviver, a cada vez e em toda a sua plenitude, os tormentos e dissabores desse período. Mesmo quando se restabeleceu e teve autorização para sair, foi incapaz de reencontrar em seu espírito as amenidades do passado.

Durante a convalescença, como falava espanhol, ficou lotado na administração da companhia, redigindo as cartas de pêsames dos soldados mortos. Sentado diante de uma velha máquina de escrever, a primeira carta foi para sua própria mãe. Depois, em todas as correspondências, uma após a outra, cumpriu a missão de narrar, para cada irmã desesperada, cada esposa inconsolável, cada pai arrasado, as operações gloriosas das quais participaram seus filhos, seus maridos e seus irmãos, encontrando as frases apropriadas para sublinhar a coragem de cada um, permitindo-se a audácia de pôr em seus lábios as últimas palavras, sublimes, plenas de uma poesia pungente. Ele enviou perto de mil cartas que terminariam em mil gavetas de um outro continente, às vezes com seis meses de atraso, como fragmentos de memórias, tristes suvenires que as mães, compungidas, guardariam entre lenços de *cueca*[2], e pastas de couro, mil cartas que resistiriam às traças e ao esquecimento, até que outra geração viesse lê-las novamente.

Lazare teve acesso a todos os registros civis. A proximidade do Jura fez com que ele acreditasse ser possível, e talvez até fácil, identificar, em algum lugar entre as fichas amareladas dos arquivos municipais, o único conhecido seu que ainda guardava a memória de sua família antes do exílio. Lembrou-se do tio de quem tanto falava seu pai, um tal de Michel René, e cismou de encontrá-lo. Perdeu-se numa selva incompreensível de árvores genealógicas complexas para descobrir que não havia René algum, tampouco um Lonsonier. Renunciou às buscas depois de semanas de obstinação, convencido de que naqueles oráculos só havia cadáveres de papel e fantasmas anônimos. Foi assim que, dos quatro anos que durou o conflito, Lazare Lonsonier passou um ano entrincheirado, dois num hospital e o último numa repartição da prefeitura.

Em 11 de novembro de 1918 fizeram-se ouvir, em tons vigorosos, os sinos de todas as igrejas da França, anunciando o fim da guerra. Em dezembro, quando Lazare deixou o país e o puseram num navio de volta a Valparaíso, junto com centenas de jovens latino-americanos, a alma daquele país ferido parecia já tê-lo abandonado. Todas aquelas pradarias bucólicas, com seus mordomos e suas cercas de amieiros, eram hoje habitadas apenas por espectros de

---

[2] Dança típica dos Andes. [N.T.]

soldados tristonhos. Da ponte do navio, ele observou a paisagem e avistou ao longe os vales regados por sangue de homens mortos em combate, o verde dos cadáveres sepultos, o barro cevado por cavalos abatidos, o musgo e o adubo que florescia das fossas comuns.

– Um país pronto para acolher uma nova guerra – refletiu.

No dia em que Lazare Lonsonier atracou no porto de Valparaíso, a mãe o esperava no cais. Velha, com as marcas da ansiedade talhando o rosto, mais pálida e mais frágil que na ocasião de sua partida, tinha nos olhos a saliência de um pranto longo e quieto. Imediatamente ela se lembrou da tarde em que eram três a embarcar para a França. Ao ver apenas um, não reconheceu o filho, e durante meses confundiria seu nome com o dos irmãos mortos.

Com cinquenta e dois anos, Delphine perdera a intensidade escarlate de seus cabelos, cujos cachos pareciam dálias. Mais solitária que nunca, ela se tornara uma mulher instável como uma estatueta de cera, e a pele translúcida, raramente exposta ao sol, deixava à vista um labirinto de veias azuis. A notícia da morte dos dois filhos, depois de receber a carta, levara-a aos confins da obsessão. Prevendo o retorno de Lazare, ela mandou lavar as paredes do salão com um sabão negro, feito de óleo e ervas, a fim de purificar a alma da casa e afastar os espíritos belicosos. Ela errou por muito tempo nos cumes da senilidade, sem se queixar, eivada por pesadelos surdos, na desordem de suas esperanças, nos vincos de suas horas vazias. Até que, numa noite de dezembro, concluiu que toda a desgraça familiar vinha das armas. Intimidada por qualquer objeto metálico, mandou derreter as panelas, as maçanetas das portas e os balaústres da escada para fabricar joias cintilantes e transformar, assim, tudo o que a remetia à morte em uma ourivesaria da vida. Por isso, quando Lazare voltou coberto de condecorações e divisas nos ombros, de medalhas crivadas em baixo-relevo pela figura de uma mulher envolta em louros, ela as fundiu com ouro num cadinho, proclamando que nenhum prêmio ou pensão de guerra poderia substituir seus filhos, e confeccionou anéis que cobriram todos os seus dedos até o seu último sopro.

Como não queria mais se sentir separado da França, Lazare voltou a ler toda a imprensa que chegava a Santiago. Comprava e desfolhava os jornais, embriagando-se de rumores. Persuadiu-se de que, ao sacrificar sua juventude, doara mais à França que todos os exilados do século anterior com seus vinhos e seu prestígio. A Grande Guerra havia provocado uma ruptura no Chile. Não se podia mais contar com suas explorações agrícolas, com suas fábricas arruinadas ou com suas reservas exauridas. Era mais difícil importar, e os capitais estrangeiros minguavam. Nesse período, os franceses criaram seções da *Union des Poilus* em quase todas as cidades, companhias de bombeiros voluntários (*La Pompe de France*) e associações de ex-combatentes. Exaltavam-se as batalhas de Verdun e Chemin des Dames, contavam-se histórias de grandes fugas, exibiam-se as palmas das mãos, citava-se o Tigre[3]. Antes, os latifundiários marcavam em seus cartões de visitas o nome de suas propriedades. Agora, carimbavam suas feridas de guerra.

---

[3] Apelido dado a George Clemenceau, chefe do governo francês durante a Primeira Guerra e figura carismática. [N.T.]

Mas esse sentimento de potência patriótica não chegou a ofuscar, em Lazare, as imagens de seus anos perdidos. Seu coração estava como a videira no jardim, plantada vinte e quatro anos antes, no dia de seu nascimento, que tinha adquirido uma cor morna e um odor repulsivo, quase sem folhas, e cuja seiva não dava mais uvas. Lazare voltou a ter visões apocalípticas, crises de febre, acessos de tosse que o faziam suar e deixavam manchas de sangue nos lençóis. Sua cabeça encheu-se de sons de explosões e de estalos de sabres, de golpes de coronha e dos assovios dos foguetes que subiam aos céus. Muitas vezes voltava à memória o enredo de sua cirurgia no pulmão. Então, em delírios poéticos, ele recitava, com uma precisão absurda, detalhes hediondos do cheiro de terebintina e das paredes decrépitas da enfermaria, explicando que, no fim, quando o haviam costurado e mostrado a metade do pulmão amputada, achou que lhe entregavam um lanho de seu coração.

Recorreram a médicos franceses que, segundo seu pai, eram os "verdadeiros" doutores do país. Revezaram-se em seu leito cientistas e farmacêuticos formados pela escola de Pasteur, grupos de discípulos de Augustin Cabanès e adeptos da literatura médica que se julgavam Horace Bianchon. Sentados em círculo no salão, bebendo café quente, eles debatiam durante horas, propondo remédios mirabolantes. Alguns queriam tentar a cura num sanatório de vanguarda em Limache, outros defendiam o uso do método Coué, muito célebre na época. Lazare acolheu todos os tratamentos, seguiu-os religiosamente, não contestou nenhum esquema. Mas todos os comprimidos provocavam enxaquecas, trituravam suas têmporas, inflamavam sua face, deformavam seu olho direito.

A sensação era de que, como num campo de batalha, o cérebro arrebentava em centenas de estilhaços. A tosse persistia, a temperatura não cedia. Todos, mesmo no seio da família, espantavam-se de que ele ainda estivesse vivo. Acordava em lágrimas, o peito rugia de medo, a ferida do pulmão vivia carente de sangue. Vencido, ele se largava, então, inerte em seus lençóis, com os músculos atrofiados, o rosto macilento e a sensação terrível de que o perfil de Helmut Drichmann o encarava do outro lado da cama, com um balde furado na mão.

Por sua vez, o velho Lonsonier, que, aos sessenta e quatro anos, começava a acrescentar novas castas a seus hectares de vinhedos chilenos, inquietava-se tanto com a saúde do filho que foi forçado a constatar o fracasso dos auspiciosos procedimentos médicos.

– Não é de um médico que você precisa. É de um *machi*, declarou.

Naquele tempo, atuava em Santiago um *machi* famoso, um curandeiro mapuche, chamado Aukan, que fascinava o povo e desafiava os cientistas. Esse homem estranho, destinado a cumprir um papel essencial na história da família, dizia ter nascido na Terra do Fogo, descendente de um interminável elo de magos e feiticeiros. Havia atravessado a Araucânia a pé, fugindo dos missionários e dos jesuítas que fundavam comunidades onde ele havia ganhado a vida, dedicando-se a receitas de medicina sobrenatural sempre que a medicina natural falhava. Tinha no sorriso um traço de malícia e trazia anéis nos dedos. Um deles, no indicador, fora achado no estômago de um peixe. Suas costas eram como um carvalho largo, sobre o qual recaíam cabelos longos e negros, presos com um ornamento indígena. Sempre vestido com um poncho que deixava nu seu ombro esquerdo, usava um grosso cinto de prata adornado com chocalhos de cascavel e uma calça de pele de camelo cuja bainha emoldurava o sapato. Quando ele sorria, seus dentes mostravam um raio violáceo. Quando falava, as estranhas palavras com inflexões místicas e sotaque intangível pareciam vir não de outro país, mas de outro tempo, de uma língua tão singular que não se poderia saber se de fato existia ou se ele inventava ao sabor do momento.

Quando Aukan atravessou a sala e viu o homem consumido pela febre, possuído por delírios e esgares, jogou pela janela a torre de medicamentos que se erguera na mesa e afirmou, com uma solenidade teatral:

– Os remédios matam mais homens que as doenças.

Aukan se referia apenas a medicinas transmitidas oralmente, sonhos premonitórios e livros de alquimia. Depois de examinar cuidadosamente a cicatriz no tronco de Lazare, desenhando com o dedo seu contorno aureolado, ele fez a apologia das ciências ocultas e dos diálogos com os mortos. Reuniu toda a família no aposento para explicar o que sabia sobre os pulmões e conseguiu convencer Lazare das propriedades irrefutáveis dos rituais xamânicos no caminho da cura.

– Tudo está no passado – disse. – É preciso, primeiro, se reconectar com os seus *pillanes*: as almas dos seus ancestrais.

Lazare balbuciou algo sobre um certo Michel René, um tio francês sobre o qual lhe falaram, mas Aukan não se interessou. Agitando suas cascavéis, ele macerou, dentro de um pilão, ervas misturadas ao sangue de uma galinha negra jamais possuída por um galo. Com gestos acompanhados de cânticos, cobriu a ferida de Lazare com uma pasta esverdeada, untuosa e colante, que misturou com uma mecha de cabelo. A partir daquela manhã, Aukan o obrigou a usar uma velha pele de urso – um casaco avermelhado com pelos no interior, descascado nos cotovelos, que fedia a roedores em decomposição – e o proibiu de tocar o local da ferida. Se Lazare autorizou a loucura desse tratamento foi porque, havia algum tempo, dera-se conta de que a luta contra a morte era vá, e que, o fim estando próximo, preferia deixar-se apodrecer por dentro. O cataplasma ficou sobre a cicatriz por uma semana e, ao fim de dez dias, começou a exalar um aroma de flores murchas, impregnando o ar de um perfume repulsivo de entranhas, até se transformar numa casca seca e castanha, como um pergaminho de canela. O fedor era tanto que ninguém ousava visitá-lo na casa de Santo Domingo. No bairro, correu o rumor de que Lazare, ao voltar da guerra, trouxera escorpiões do Marne na barriga. Foi Delphine que, não suportando o mau cheiro, um dia invadiu o quarto e declarou:

– Não é de um feiticeiro que você precisa. É de uma mulher.

No fim de novembro, quando os dias ensolarados começaram a se alongar, a família Lonsonier adquiriu o costume de fazer piqueniques nos campos de Pirque. Nessa região campestre a uma hora da capital, o silêncio era total, exceto pelos gritos estridentes que os abutres, em alto voo, enviavam do céu. Num domingo, Lazare se afastou do grupo e se pôs a caminhar na relva a fim de respirar o aroma das flores maduras. Com a velha pele de urso sobre os ombros, ele enfrentava os arbustos, perambulando ao acaso, quando, de repente, distinguiu ao longe um círculo de mercadores que, em suas carroças, vendiam joias e especiarias.

Eram homens jovens de pele fosca, mãos fortes e hábeis, de olhos puxados como pontas de flecha, que vendiam enfeites de mulher trazidos da Araucânia. Com os braços cobertos de tatuagens, eles desenrolavam colares fabricados nas minas de prata e cestas de Nacimiento, e ostentavam, em suas bancadas, coroas de plumas, tapetes, braceletes de couro e cabaças pintadas. Um velho homem abriu uma gaiola onde dormiam enormes lagartos brancos, imóveis sobre um leito de folhas, as barrigas cheias de moscas.

– O que quer comprar? – perguntou o velho.

– Quero comprar uma viagem.

Acostumados às imprevisíveis birutices dos brancos, os mapuches não ficaram minimamente impressionados. Explicaram que, se tivesse como pagá-los por um mês, ele seria bem-vindo na caravana. Lazare concordou sem pestanejar, com o mesmo fervor do tempo em que se alistara no exército. Para não preocupar sua mãe, mandou uma das crianças levar ao grupo reunido no piquenique uma mensagem rabiscada num pedaço de papel. Meia hora depois, quando viu a criança mestiça se aproximar, com os cabelos compridos, uma lã áspera sobre os ombros e as pernas descobertas, Delphine soube, imediatamente, que seu filho tinha decidido partir para um lugar qualquer em que pudesse curar as feridas secretas que o Marne lhe deixara. Diante da família reunida, leu, em voz alta, as palavras inscritas num traço firme:

"Eu parti para o futuro".

A segunda e última viagem de Lazare, para o Cajón del Maipo, durou vinte e um dias. Ele desceu rumo a paisagens desoladas, na direção de comunidades que criavam gatos selvagens e caçavam o *guanaco* a pé. Durante dias inteiros, escalou picos e deslizou pelas encostas, enquanto os cascos das bestas refulgiam sobre as pedras recheadas de alfafa e onde o crepúsculo tinha a cor das gengivas dos pumas. Todos os cumes exibiam uma cruz gigante que nem as rajadas nem as tempestades eram capazes de tombar. Durante um tempo, ele traficou peles de *chinchila* e de *viscacha*, e só se alimentava de caldos de milho com óleo de abacate. Acampou nos vales, onde cruzou com *huasos* que mascavam ervas e sorviam folhas de coca sob a língua e pastores que montavam cavalos sem sela e iam às aldeias vender artesanato. Os indígenas lhe ensinaram os nomes dos insetos, como se fossem pessoas que haviam conhecido, e falaram de pântanos onde os carneiros tinham o pelo mais duro que o ferro e as mulheres podiam se transformar em baleias dentadas.

Aquele ar puro, aquela viagem longe de tudo, as descobertas incessantes de sua terra foram cicatrizando as chagas de seu pulmão. As *mesetas*, uma após a outra, ora despidas, ora cobertas de espinhos, permeadas de rochas de basalto púrpuro, foram remédios bem melhores que os cataplasmas de Aukan. Lazare sentiu-se tão bem que, ao fim de duas semanas, decidiu deixar o grupo para regressar à Cordilheira, como ambicionavam os conquistadores de Castela. Em meados de dezembro, sozinho, instalou-se num pomar repleto de frutas que encontrou num antigo *fundo*, vestígio de uma horta e de um canal de irrigação com certeza escavado por colonos belgas, às margens do Río Clarillo. Ali, no vazio de um vale, montou sua tenda.

Numa terça-feira, quando colhia maçãs num prado, a pele de urso nos ombros, sentiu um choque nas costas e duas garras poderosas fixaram-se entre suas escápulas. Lazare se debateu furiosamente e o pássaro, surpreso com uma forma de resistência à qual não estava habituado, recuou batendo as asas. Lazare voltou-se e distinguiu então, a um metro, suspensa no ar, uma criatura magnífica, um tipo de águia cinzenta. Era uma águia azul dos Andes que, alta no céu, ludibriada pela pele de urso, aterrissara sobre ele com a certeza de ter conquistado uma boa presa. Antes que ele tivesse tempo de reagir ao que ocorrera, ouviu uma voz em espanhol:

– Perdoe-a. Ela o tomou por uma raposa. O senhor se machucou?

O medo nas trincheiras o havia habituado a gestos bruscos. Respondeu automaticamente, em francês, como se tranquilizasse outro soldado.

– *Ça va!*

Só então atentou para aquela que havia falado. Era a dona da águia. Ficou pasmo de ver que não era um homem do mato, com cheiro de carroça e de montanha, mas uma moça de silhueta fina, elegante e doce, de traços bem cuidados, que apareceu no meio da paisagem com um traje masculino. Tinha os dentes brancos, perfeitamente alinhados, e um chapéu de feltro creme que projetava até à altura dos lábios uma sombra delicada.

– *Eres francés?* – ela perguntou.

Lazare corou. Achou que explodiria com o fluxo de sangue que, num jato, irrigou sua face, fazendo o ardor colori-la ainda mais.

– *Sí.*

A mulher vestiu uma luva de couro, e a águia pousou em seu punho.

– Minha família é francesa.

Lazare espantou-se ao constatar que a moça não tinha calos nas mãos, de pele grossa pelo trato do couro, mas de uma textura refinada. Pontilhada de sardas, os cabelos de um ruivo escuro e os olhos negros cuja tristeza se confundia com a timidez, ela tinha alguma coisa das jovens da Occitânia. Um minúsculo nariz, uma testa lusa e um queixo saliente lembravam o perfil da mulher coberta de louros nas medalhas dos que morreram pela França.

Os dois caminharam pela planície. O calor reforçava seus perfumes intrigantes. Lazare mencionou a guerra.

– *Cuál guerra?*

Lazare não respondeu. Descobriu uma pessoa generosa e acolhedora, preocupada em contentar os outros, e, pela primeira vez, constatou e saboreou a surpresa que uma caravana indígena, acidentalmente, lhe proporcionara. Desde o dia em que se olhara no espelho antes de partir para a guerra não se lembrava de perturbar-se tanto diante de alguém, de envergonhar-se de suas mãos grandes, de sua saúde frágil, de seus braços caídos. Na manhã seguinte, ele avistou de novo a moça, quando ela alimentava o pássaro agarrado em seu pulso, de pé sobre um pequeno monte enfeitado de rosas. Por um instante, decepcionou-se, incapaz de reencontrar em seus olhos a delicadeza que tinha detectado na véspera. Mas os passeios se repetiram e, durante quatro dias, habituado a vê-la, Lazare começou a procurar a senha para entrar em seu coração.

Ao descobrir que se chamava Thérèse Lamarthe, Lazare, que na juventude tinha sido um ávido leitor, reconheceu nesse nome sonoridades de personagem que os românticos franceses usavam para povoar suas tragédias. Thérèse devia ter dezoito anos, e, de seus ancestrais remotos, herdara um porte feminino e afável e um andar seguro. Ela enrolava e atava seus cabelos para cima com gestos que exalavam um odor fresco de couro e de aves raptoras. Naqueles tempos, as mulheres só saíam enroladas em mantas negras, rendas cobrindo as cabeças e, sobre os ombros, grandes xales que escondiam, nas dobras dos tecidos, as formas de seus quadris. Mas Thérèse usava um chapéu francês e ornava sua roupa de caçadora com bugigangas e coqueterias frívolas, conferindo-lhe uma elegância que contrastava com seu ofício.

Lazare nada sabia sobre as mulheres, e menos ainda que existia uma tradição milenar de sedução. Assim, por ignorância, mais que por galanteria, fez uma corte à antiga. Era tão desajeitado que Thérèse, numa noite em que estavam sentados juntos sobre as raízes de um álamo, foi obrigada a tomar sua mão com teimosia suficiente para despertar nele a coragem adormecida do soldado. Ela lembraria que, ao perscrutar o interior de seus olhos, de pálpebras rosadas, teve a impressão de entrever um véu nebuloso, típico dos destinos precoces.

– Esse homem morrerá jovem – pensou.

Menos de um mês após o piquenique nos campos de Pirque, Lazare estava de volta a Santo Domingo, falando um espanhol misturado com palavras mapuche, rejuvenescido e forte, seguido por uma carroça onde viajava Thérèse, como uma nômade, usando no dedo um anel feito de cipó de junco. Ao avistar seu filho e sua futura nora, adivinhando as notícias do noivado, Delphine corou de emoção e correu para contá-las ao marido. Instalado numa cadeira de balanço, o velho Lonsonier não conteve a admiração e o entusiasmo.

– Que rapaz! – exclamou. – Foi arrumar uma francesa entre os índios!

O casamento aconteceu na segunda semana de dezembro. Thérèse usava um vestido azul de cetim bordado em pontos delicados, arrastando uma longa cauda em tule sustentada por duas menininhas que a seguiam. Foram convidadas à catedral todas as famílias francesas de Santiago e das cidades vizinhas, e chegavam do flanco da Cordilheira carregadas de caixas contendo suas melhores safras, de grandes vasos brancos e de coroas de flores em cascata, para assistir à bênção do bispo. Em pratos pintados à maneira de Bonnard, sacrificaram dois carneiros servidos em pedaços depois de assados no jardim. A noitada seguiu no salão de Santo Domingo, onde, em cada almofada, tecida de panos desbotados, foram cerzidas as iniciais entrelaçadas dos noivos.

Por volta de meia-noite, Thérèse subiu ao quarto. Quando Lazare a encontrou, o cômodo estava todo úmido, como se o tivessem enxaguado. Ele riscou um fósforo e a chama desenhou um círculo fugaz na penumbra. Então, percebeu Thérèse nua, de uma juventude farta, de uma beleza arrogante, deitada no centro da cama. Ele não imaginava que a nudez de uma mulher podia conter tantas colinas, ápices, abismos e fendas. Ela parecia ter cultivado essa virgindade numa obscuridade telúrica, à sombra dos olhares, pudicamente sublimada, e Lazare quis acreditar que estava reservada unicamente para seus abraços. Ao tocar seu corpo, notou que ela tinha uma pele tão doce quanto a penugem de um pêssego, polida durante horas em âmbar açucarado, perfumada com fragrância de mel. Mas quando aproximou seu rosto do dela, um forte odor de limão trouxe-lhe de volta à memória o fogo e as reminiscências da guerra.

Lazare refugou. Seu corpo subitamente se fechou como um punho. Seus músculos se contraíram, sua boca murchou, e uma náusea invadiu o momento, acompanhada de desculpas confusas. Levantou-se da cama, caminhou pelo quarto com gestos tensos, embaraçados, revelando assim a Thérèse tanto as imperfeições de seu corpo quanto as de seu coração.

Ela supôs, então, que aquele homem trazia uma ferida silenciosa que podia ser despertada por qualquer movimento imprudente, por cada odor inesperado, por uma simples palavra fora de lugar. Começou a conhecê-lo em seu mutismo desastrado, assombrado por chagas secretas. Apesar de não ter vivido os espasmos e as angústias da guerra, tinha a impressão de poder reproduzir em seu espírito os mesmos flagelos e as mesmas reverências que habitavam o dele.

Para acalmá-lo, ela o levou à banheira, cuja água perfumou com flores de mirtilo e coentro. Lazare deixou suas costas serem acariciadas por uma esponja e seu torso ser enxaguado com óleo de coco, para adoçar a cicatriz no pulmão. Com cuidado e minúcia, ela devolveu à rugosidade de sua pele a suavidade original e desfez os nós em seus músculos. Depois, com um gesto inocente, mergulhou lentamente seu braço entre as pernas dele, e, com a mão hábil e atenta, restituiu-lhe um vigor que ele acreditava desconhecer. Só então ela entrou na água, como uma planta marinha, pousou a cabeça em seu peito e o apertou contra si, imóvel e devotada, já imersa nas mil e uma noites que viriam, nos sobressaltos e nas epifanias que, amanhã, a esperavam.

A água que, ontem, o havia separado de Helmut Drichmann, hoje o unia àquela mulher, desvelando o amor. Lazare sentiu um apetite voraz e guerreiro nascer do peito e, arrebatado por uma torrente incontida, agitou a banheira, fazendo rangerem seus alicerces de patas de leão, com tamanha ferocidade que a lâmpada na entrada da casa se pôs a piscar. Na vizinhança, ele seria saudado durante um mês com reverências constrangedoras. Não esqueceria jamais a noite em que a mulher lhe devolveu o gosto pelos perfumes cítricos, pelos corpos empilhados, pelos suores mornos, enlaçado a ela na banheira de ferro que anos antes aleitara o velho Lonsonier e que ainda era grande o suficiente para aninhar toda uma nova geração.

El Maestro

Em 1887, Étienne Lamarthe, um jovem trompetista original de Sète, largou a banda de sua aldeia e resolveu praticar sua música do outro lado do mundo. Levou consigo trinta e três instrumentos de sopro, fechados em caixas de madeira de cipreste, selados com pregos de prata. Sem falar uma palavra de espanhol, o jovem moreno de tez pálida desembarcou no porto de Valparaíso com quatorze flautas, oito saxofones, seis clarinetas, quatro trompetes e uma tuba imensa, guardados numa arca de metal tão pesada que acharam que ele fosse um náufrago clandestino. Numa viagem de três dias, atravessou nove planícies numa pequena carroça puxada por uma mula cega, arrastando sua orquestra debaixo de um calor sufocante, cercando-a de harmoniosos sortilégios, cuidando de sua conservação com uma prudência maternal, até chegar a Limache, na província de Marga Marga, um povoado coberto de plantações de tomates e de orquídeas.

Instalou-se numa casa com um pátio interno e canteiros de cimento cujos motivos, riscados como a pelagem de uma zebra, lembravam a ele as linhas de uma partitura. No dia seguinte, tratou de recrutar voluntários para ensinar-lhes o solfejo e ir criando uma pequena banda. Fixou um aviso no alpendre, à vista de todos, redigido num idioma bastante conhecido, no qual se lia: *École de musique*. Depois, abriu a porta, que não fecharia mais nos sessenta e sete anos seguintes, para que todas as almas poéticas de Limache soubessem que ele estava ali para ficar.

Em poucos dias, a sala, sem móveis nem decoração, recém-lavada, transformou-se numa escola frequentada por jovens padeiras iniciando-se na arte das flautas transversais, agricultores apresentados à afinação das clarinetas e lavadeiras que, com abnegação e paciência, solfejavam escalas no silêncio dos pinheirais. Mandaram trazer de Santiago um piano sem pés, que, transportado numa charrete atulhada de caixotes de melancia, tinha as extremidades amassadas. Com duas teclas pretas extraviadas, foi afinado por um sapateiro, usando cadarços de botinas. Compraram uma harpa estripada e violinos adoentados, com os braços desbotados, gastos até a carcaça, mas que Étienne Lamarthe sincronizou com tanta paixão e devoção que, após sua morte, seriam considerados relíquias sagradas.

Logo as aulas passaram a ser acompanhadas com assiduidade, e nunca faltavam músicos para os ensaios. O único posto policial da aldeia resignou-se às improvisações noturnas, e jamais se viram noites tão melodiosas como aquelas, quando os trompetes, mesmo abafados por lenços de viúvas, soavam até a alvorada. O conjunto foi reunido com tanto amor que, em três meses, graças a uma disciplina militar, os jovens artistas desse lugarejo perdido já eram capazes de interpretar, num pequeno espetáculo diante da prefeitura, um humilde repertório. Assim, pela primeira vez desde a fundação de Limache, foi oferecido àquele povo ribeirinho e montanhês um concerto de música barroca.

O recital fez tanto sucesso que Étienne Lamarthe, em rito sumário, recebeu o apelido de *El Maestro* e, em pouco tempo, virou o homem mais respeitado da região. A cabeça cheia de projetos, a casa sempre lotada de músicos amadores, ele importou mais instrumentos de Lima e de São Paulo e fundou uma orquestra sinfônica. Criou de próprio punho novos arranjos de óperas italianas, para que pudessem ser executadas sem dificuldade por gente que não saberia sequer situar Roma num mapa-múndi. E deu, ele mesmo, cursos de canto lírico na cozinha da casa. Em dezembro de 1900, quando se festejava o novo século, fez com que seu nome circulasse até mesmo na capital, por ter realizado, no curso dessa campanha heroica, uma montagem de *Norma* de Bellini em frente à administração municipal, cercada de currais, num palco erguido com vinte tábuas sobre oito barris, e com um cenário construído pelo coveiro do cemitério local. Para celebrar esse instante único, erigiu-se um busto de Bellini em cobre de Chuquicamata, que ali ficou por mais de meio século, pesado e digno, com a face voltada para a escola de música, e dali não saiu até a morte do *Maestro*, para ser enterrado junto com seu corpo.

Quatro anos após sua chegada ao Chile, Étienne Lamarthe já era o melhor partido da região. Casou-se com Michèle Moulin, filha de franceses ricos, fabricantes de calçados. Tiveram duas filhas: Danièle e Thérèse. Elas cresceram num universo de óperas e sinfonias e aprenderam o solfejo antes do espanhol. Suas primeiras palavras foram notas musicais. Danièle estudou saxofone, enquanto Thérèse, pouco dotada para as madeiras, desenvolveu uma voz tão bonita que aos oito anos, sem partitura, conseguia cantar as árias de Verdi e de Puccini com uma inocência que se tornaria lendária.

Mas nos últimos dias de novembro uma epidemia de coqueluche flagelou a aldeia. Ainda que tivesse uma saúde sólida, Thérèse, castigada por dilacerantes crises de tosse, foi enviada às montanhas, nas bordas da Cordilheira, seguindo conselhos de médicos locais que defendiam as virtudes do ar puro e da altitude. Afastada desde então das escalas e dos concertos, isolada dos altiplanos de Verdi e das óperas de Bellini, Thérèse descobriu o silêncio dos pássaros, feito de pios e lamentos, e teve acesso, assim, a um universo inviolável, onde um outro cantar, liberto, impunha seu triunfo e sua lei.

Aos dezesseis anos, instalou-se definitivamente numa fazenda para estudar ornitologia. Alugou um quarto no povoado de Melocotón, localizado nas alturas do parque nacional Río Clarillo, recentemente ligado ao resto do país por trilhas perigosas e estradinhas percorridas por condutores de mulas. Um dia, quando participava de uma expedição ao topo da Cordilheira, ela e seus companheiros, com o auxílio de cordas, escalaram a montanha até alcançar os cumes sem neve, crivados de agulhas verticais. Nos últimos meses, o sol já havia derretido os castelos de gelo. O guia explicava a vegetação endêmica a quatro mil metros de altitude quando a atenção de Thérèse foi atraída por um ruído à beira de uma falésia. Ela fez um gesto de alerta e sinalizou para que todos se escondessem atrás de uma moita. Todos avançaram de cócoras na direção de uma barreira de rochas que os protegia da ribanceira. Thérèse mergulhou o rosto por entre a folhagem que cobria as pedras, quando, enfim, o percebeu.

Era um condor gigante, sozinho na montanha, reinando sobre o abismo, com seu manto de plumas metálicas, cuja cabeça nua emergia de um colar branco. A crista entre seus olhos empinava-se numa pele maciça, amarela e púrpura, pincelada por filamentos, ligeiramente entortada na ponta, como a casca de um carvalho. O grupo, imóvel, com a respiração suspensa, observava a quietude negra dessa criatura que dançava em torno de seu ninho, como um monstro fazendo a guarda de seu antro. O condor endireitou-se e estudou o vale com um olhar de perfeita insolência. Só então fez estalar a língua e abriu as asas, ocupando assim, num só gesto, uma extensão de três metros e meio. Inclinou o bico para trás, bombeou o peito, e, de seu ventre, projetou no vazio um som profundo. Primeiro, um estampido áspero, um clamor insistente, algo como um espirro entrecortado. Na sequência, um sopro selvagem e seco, como o som de uma árvore cuja raiz se rompe, e o eco se estendeu por um raio de vários quilômetros em todas as direções. Não era um grito, mas um ressoar de horror sublime, uma música estranha. E quando esse canto atingiu o ápice da execução, a voz recolheu-se num assovio breve, cortante, dando lugar a uma calma imperial.

A cena provocou em Thérèse um fascínio que ela só experimentaria de novo dez anos depois, quando, dentro de um viveiro de bronze, desse à luz uma menina. Pressentiu, talvez como uma advertência, a descoberta magnífica e infame de que esse animal guardava, nas profundezas de sua laringe, tudo o que a ópera ia cultivando na sua própria voz. Só uns poucos vales encravados, só certas montanhas, só algumas anomalias geológicas poderiam, então, comportar as árias mais grandiosas. Ela, um ser puro e sem ardis, educada para cantar diante do mundo, sentiu que sofria uma metamorfose cuja dimensão não era ainda capaz de medir.

Aos dezoito anos, passou do estudo dos pássaros ao adestramento de aves de rapina. Nessa época, num círculo estritamente masculino, a falcoaria só era exercida por raros diletantes, que instruíam as águias em caça nas planícies secas e abundantes, sob um céu limpo. Um espaço criado a duras penas nesse ninho de homens cujas mãos pareciam serras, que sabiam ver presságios nos voos e cujo hábito de ajudar as aves a caçar suas presas criava uma forte resistência à ternura e à amizade. Thérèse entrou desde então num universo onde os pássaros não eram mais símbolos da inspiração poética, de ansiadas liberdades, de promessas de fuga, mas um povo com bicos aduncos, atados a mitologias noturnas, em que os gritos evocam o desespero dos anfíbios e as garras são capazes de deformar até mesmo o chumbo.

Ela viveu, nessa época, momentos difíceis. Suportou ofensas vindas de seus companheiros e injustiças ligadas a seu sexo. O mesmo elã e as mesmas linhas desenhavam sua figura, naturalmente delicada, mas a revolta interior inoculada pela arte da caça modificara subitamente sua expressão. Tinha vinte anos quando obteve sua licença. Conseguira domesticar uma águia azul dos Andes, de plumagem pálida, peito de manchas ardósia, olhos capazes de distinguir uma moeda de um centavo a cem metros de distância. Por causa de sua cor de pedra, a ave foi batizada de Niobé. Com graça, ela usava no pulso, atado à correia dos pés da ave, um cordão que se confundia com um galho de aveleira. Diariamente, antes de cada treino, ela pesava Niobé e anotava a quantidade de alimento consumido, o tipo de exercício e suas respostas aos chamados em pleno voo. Assim que a ave aprendeu, sem timidez, a bicar e a descarnar suas presas no punho de Thérèse, as duas puderam passear juntas entre os arbustos e os platôs castigados pelos ventos, ao longo de hectares desertos pelos quais só se aventuravam pastores e peregrinos solitários.

Ao fim de um mês, a águia já podia caçar. No momento em que via ao longe uma presa em fuga, ela contraía os músculos como um guepardo antes do ataque, esticava o pescoço, fixando o campo, e, com as garras perfurando a pele, saltava, penetrando o ar. Habituou-se a voar mais longe, sobre os campos secos, cobertos de loureiros e de flores áridas, onde os viajantes às vezes montavam suas tendas.

Num dia em que o vento estava tomado por um distante odor de carniça, a ave, guiada pelo instinto, seguiu o cheiro de uma carcaça que não conseguia localizar. Lá do alto percebeu, enfim, uma pelagem de raposa entre as folhas e investiu, atacando pelas costas com uma rapidez mortal, as garras à frente, concentrando toda a sua energia numa queda espetacular. Mas se deparou com um casaco de pele de urso.

O falcão recuou, com medo daquela massa bem maior que ele. Atingido, Lazare Lonsonier soltou um grito. A surpresa os separou bruscamente.

Thérèse acorreu sem demora.

– Perdoe-a. Ela o tomou por uma raposa.

Os dois se encontraram de novo dias depois. E assim, durante os trinta anos de casamento que viriam, cada vez que tomasse banho com Thérèse, Lazare louvaria o dia em que Aukan jogou sobre suas costas uma pele de urso. Após a noite de núpcias, Thérèse engravidou. Seu rosto ganhou a cor de um talo de camomila. Só comia pequenos pêssegos vermelhos e *choclo* ensopado, e adquiriu o hábito de untar a barriga com gel de aloe vera para prevenir as estrias. Ela gozava de tanta saúde e de tanto vigor que chegou à décima semana de gravidez sem sofrer um minuto sequer de enjoo. Para prevenir as fissuras, cobria os seios com caldo de cana. Para melhorar a qualidade de seu leite, cuidava da alimentação e repetia mantras mágicos que espantavam o mau-olhado. Se desde o casamento era ela que fazia a toalete do marido, cortava sua barba, enchia a banheira de água morna para acalmar seu pulmão, agora era ele que a banhava, polvilhava seu pescoço com talco e cortava as unhas de seus pés com tesouras de prata.

Delphine e o velho Lonsonier entenderam que o casal precisava de espaço. Silenciosamente, deixaram a casa de Santo Domingo com uma discrição cercada de enigmas e se instalaram em Santa Carolina. Nem Lazare percebeu quando sua mãe já estava submersa num universo paralelo, o peito desfeito pela morte dos dois filhos, o coração massacrado por uma terrível tristeza. Só muito tardiamente, quando compreendeu que não a reveria mais, anotou aquela data como um marco importante em sua vida.

Numa tarde de junho, sentindo uma tempestade interior emergir, Delphine saiu de seu quarto em Santa Carolina pouco antes do crepúsculo para fazer seu passeio de sempre. Ajeitou o capuz, cobriu os dedos com seus anéis de medalhas fundidas e caminhou até um lago onde salgueiros despidos de folhas exibiam seus galhos pendentes. Foi vista partindo rumo à lagoa de irrigação, deixando todas as janelas abertas atrás de si, sem sequer tomar o cuidado de fechar a porta. Em vez de parar na margem, continuou a avançar sem diminuir a marcha, deixando a água cobrir seu corpo até desaparecer, como se quisesse atingir o centro do lodaçal. Dizem que seguiu até onde sua respiração permitiu, embalada por aquele prado submarino, envolta por um baile suntuoso de panículas, algas, flores aquáticas. E que, em seus pulmões, entraram dois peixes dourados. Ao fim de poucos minutos, metade do lago penetrou em seu corpo, como no de um grande peixe-boi, de forma que seu cadáver jamais voltasse, por si só, à superfície. Foram necessários três mergulhadores para arrancá-la das águas viscosas que já começavam a engoli-la.

Sua tumba foi instalada nas bordas da floresta, sobre um montículo rochoso, coberta por begônias e folhas de cerejeira, a setenta centímetros de profundidade. Delphine descansou num caixão de um metro e oitenta centímetros, de tronco de oliveira, sobre o qual foi fixada uma placa de metal com seu nome. Mas seu corpo, no obscuro da terra, estava tão embebido pelo naufrágio que de seus poros escorreu um óleo terroso, impregnado por um perfume de erva molhada, carregado de plantas aquáticas e escamas de peixe. Dois dias depois, a sepultura estava inundada. Do solo, jorrava tanto lodo que no fim de semana aquela elevação não era mais visível. Foi preciso sugar quarenta litros com uma mangueira, que se entupiu por causa de um anel de bronze.

O velho Lonsonier cumpriu um luto rigoroso e nunca mais se casou. Assumiu uma viuvez discreta, longe de conveniências e cortesias, e decidiu curar sua alma enviando, na segunda quarta-feira de julho, todos os pertences de sua mulher à casa de Santo Domingo. Foi assim que a notícia da morte de Delphine chegou à capital, acompanhada de baús e malas que se entulharam na entrada. Não se via tanta bagagem desde a época das experiências culinárias da casa.

Durante nove meses, os cômodos se encheram de objetos cobertos por panos, de potes com asas de dragão, de caixas de toalete de uma outra época, *nécessaires* em cerâmica, escovas de pelo de camelo, rendas de seda e véus cor de ameixa. Tudo misturado em embalagens elegantes que raramente seriam abertas e que nem o tempo nem as traças foram capazes de corroer. Thérèse, grávida de muitos meses, comandava e supervisionava as operações sentada numa cadeira de vime, as mãos cruzadas sobre a curva da barriga enfeitada por um cinto de pérolas falsas. Entre as caixas de papelão havia uma que era disposta verticalmente com um cuidado religioso. Lazare recordaria, muitos anos mais tarde, que o primeiro pássaro da casa tinha chegado naquele inverno, numa caixa de pinho silvestre com um forte odor de alho selvagem.

Era uma gaiola amarela, protegida por cânfora e penas artificiais, que continha dois poleiros, um deles em gangorra. Tão pesada que eram necessários dois homens fortes para carregá-la. Ao abri-la com precaução, Thérèse reconheceu em seu interior uma sublime criatura das florestas do norte, provavelmente capturada nos Flandres, no fundo do Monte Negro, perto de Bailleul, entre pinheirais cobertos de neve e campanários malditos.

– As corujas são sinal de boa sorte – garantiu.

Tinha uma plumagem arroxeada de rei mago, mais ruiva sobre o peito, olhos dourados e um bico curto e pontudo. Sua postura tenebrosa dava-lhe um ar de pintor holandês. Sem demora, Thérèse tratou de mimá-la com uma ternura diligente, logo auxiliada por Lazare, que avaliava em silêncio e com o olhar enciumado o animal que agora monopolizava a atenção antes reservada a ele. Thérèse quis primeiro alimentá-la em sua gaiola original, sem movê-la de imediato, com medo de traumatizá-la. Pôs música para distraí-la, conforme lera num livro, e comprou discos com canções belgas para que a coruja não se sentisse expatriada. Falava com ela por meio de cochichos festivos, enriquecia seus grãos com suplementos alimentares e proibia que fosse deixada sem companhia. Os rumores do bairro comparavam a coruja a um exilado de guerra. Contava-se que, uma vez que todas as florestas da França estavam cobertas de fogo, até os pássaros fugiam nas embarcações. Muitos achavam que a coruja nascera de bruxarias flamengas ou emergira da mitologia escandinava, trazendo doenças para os recém-nascidos. Mas, como um membro da família, surda para maledicências, imperturbável e tenaz, a ave adaptava-se com facilidade. Cresceu, ganhou peso, suas plumas floresceram, e acabaria por se tornar quase uma águia se a ditadura, muitos anos depois, não tivesse metido uma bala entre seus olhos.

Inspirada por sua boa aclimatação, Thérèse preparou uma lista rigorosa de espécies que poderiam eventualmente coabitar com ela. A intervalos, foi várias vezes ao museu de história natural, de onde voltava embriagada de uma literatura ornitológica sobre a alimentação dos pica-paus, as aves de bigode, os ciúmes entre os pássaros-do-amor e a raridade dos comedores de vespas. À medida que sua barriga crescia, ela ia importando, aos pouquinhos, uns após os outros, pássaros que chegavam à família Lonsonier depois de passar clandestinamente pela alfândega, como se fossem produtos contrabandeados. Às vezes as caixas vinham com ovos esverdeados e manchados, escondidos sob tufos de palha, que as aves tinham posto durante a travessia e que os criados terminavam de chocar usando lençóis aquecidos, correndo em todas as direções para encontrar os melhores locais para abrigá-los. Os cômodos da casa logo se encheram de gaiolas corroídas pelo sal do mar, agitadas por um turbilhão alucinante de melros e de marrecos, pintarroxos melodiosos, corvos malhados, cotovias do campo cinzentas batendo as asas desordenadamente, embriagadas de liberdade.

Ao fim de um mês, seu número ultrapassou o dos habitantes de Santo Domingo, e suas emanações cheirando a fezes deixaram o ar irrespirável. Eles invadiram os cabideiros, que ficavam rachados como as teclas pretas de um piano, lotaram as manjedouras instaladas a centímetros do teto, tagarelando como colegiais, descabelando-se e piando em conjunto como nos coros de opereta. Dois pintassilgos dos Aulnes, com as cabeças e as caudas pintadas, que chegaram numa mochila, e um estorninho religioso que parecia uma madona italiana cantavam no meio dos livros da biblioteca. Um cuco adquiriu o hábito de abandonar suas penas cor de petróleo nos ninhos dos outros. Os casais de calafates construíam casas com galhos nos armários, entre as peças de sedas, de onde em breve se ouviriam os chilreios dos filhotes, enquanto os pardais japoneses, robustos como os remadores das galés, as barrigas com escamas brancas delineadas em ziguezague, bicavam quadros de natureza-morta pensando tratar-se de espigas de plátano. Em todos os cantos, no banheiro e na cozinha, havia pequenas tigelas com sementes de girassol, amendoins e nozes picadas, mas também ovos de formigas e larvas de cupins que Thérèse implantava como setas de sinalização e que Lazare espanava, exasperado. Arrumaram um galo, para simbolizar a França, e salvaram das chamas um pica-pau que, depois de encontrar um pedaço de brasa no chão, acabou ateando fogo ao próprio ninho.

Não demorou para a paciência de Lazare atingir o limite. Um dia, chegou em casa e, ao constatar o número prodigioso de pássaros, as fezes escorrendo pelas vidraças e os tapetes manchados, decidiu que o caso havia ultrapassado as fronteiras.

– Se vamos viver em grupos nessa casa, que seja cada um em seu canto.

Ele decidiu construir um viveiro. Primeiro, fez breves deslocamentos para fora da cidade, voltando sempre carregado com uma grande variedade de materiais de construção. Usando tamancos cobertos de palha, vestindo um velho manto de vendedores de rua, ele serrou madeiras, fixou estacas, desenrolou painéis gradeados, encaixou as extremidades, instalou um teto e aparafusou os vértices.

No fim do mês, o viveiro nasceu no centro do jardim. Parecia uma pequena pérgola com colunas de ferro e uma só porta, fechada por uma trava em forma de salamandra. Ficava protegida de correntes de ar por uma cúpula de bronze que deixava passar a luz. No centro, um lavatório de mármore fazia jorrar a água de uma fonte subterrânea, à disposição dos pássaros, para matar a sede e banhá-los no calor. Para Lazare, esse ruído de água corrente era como um símbolo de riqueza, quase de ostentação, porque ele podia se dar ao luxo de deixá-la correr livremente, pelo simples prazer de ouvir seu curso. Nessa construção de quatro metros de altura, de base cimentada para evitar a invasão de fuinhas, ele instalou gaiolas de vime para as rolinhas, casinhas para pintassilgos e, pendurados nas hastes, uma dúzia de ossos de lula nos quais os canários podiam afiar o bico.

Thérèse organizou o exílio coletivo. Em uma semana, transportou em torno de cinquenta pássaros de vinte e cinco espécies diferentes. Ela fazia viagens de ida e volta regulares e determinava a disposição das moradas de acordo com a alimentação de cada ave. Com um livro à mão, dispunha os bastões à base de ovos e de laranja, reencontrando, assim, as tarefas rurais de seus anos de juventude em Río Clarillo. Dois dias depois, numa tarde clara, quando reabastecia os nichos, ela sentiu uma dor tão aguda no ventre que foi obrigada a sentar-se no centro do viveiro. A criança se movia, feroz em suas entranhas, agitava-se violentamente nas profundezas. Mas as atividades da obra, as arrumações na casa, o cansaço do trabalho na horta tinham condicionado seu corpo para aquele momento. Então, ela fechou a porta da gaiola, levantou as bordas do vestido e, diante do olhar atordoado de pardais japoneses, preparou-se para dar à luz sobre um terreno revestido de cascas de pinheiro.

Passaram-se, assim, horas aturdidas por gritos, suspiros e contrações, que atraíram todas as matronas da vizinhança e todas as crianças do bairro, de forma que raramente se veria um parto com tantas testemunhas como o de Thérèse Lonsonier. Contorcendo-se no chão, ela lutava contra aquele anjo invisível que vinha dela, trespassada por sua presença incandescente, deixando-se guiar pelas pupilas exóticas e alteradas dos canários e pardais. Essa ruptura que tomava vulto entre suas pernas, essa cabeça fétida e molhada que aparecia, era a difícil oferenda que ela fazia ao mundo, mas também a ciumenta apropriação com que a passarada reivindicava seu batismo. Uma pequena bola coberta de sangue e de penas saiu do ventre de Thérèse, e rolou sobre a cabeça como um ovo, saudada por um vozeiro de pios, berros e aulidos. Seu rosto minúsculo, coberto de uma penugem de abutre, fixava a cúpula em bronze, de onde a coruja de Thérèse espiava a cena com um silêncio majestoso. A menina se enrolou no cotovelo da mãe como se fosse num ninho, e foi então que algo derreteu o coração de Thérèse com uma insuportável ternura. Maravilhada pela repentina bênção que abraçava seus ombros, ela ergueu a criança nas mãos e viu que aquele nascimento afetava de tal forma seu equilíbrio que, a partir desse dia, passou a datar qualquer fato ou notícia como sendo de antes ou depois do parto.

Num sábado festivo, às vinte horas, nasceu Margot. O bebê, cuja primeira visão foi a de cinquenta aves sobre poleiros, não conseguia dormir se não fosse no viveiro. A cada pôr do sol, Thérèse tinha que ir até a grande gaiola, instalar-se ali, sobre um banquinho, e esperar que Margot fechasse os olhos e a noite a embalasse com um enxame de libélulas e de borboletas ocres. Nessa época, Santiago já perdera seu aspecto de vilarejo povoado de silhuetas sombrias ornadas de mantilhas, com grandes chapéus de damas e guirlandas de gesso nas fachadas, para virar uma capital cosmopolita cortada por trilhos de bonde, fios e largas avenidas. Grandes edifícios começaram a se erguer, e os subúrbios, antes picotados por fazendolas e quintais, rodeavam os limites da capital como a casca de uma árvore. Famílias ricas, instaladas nos bairros de Moneda e de Augustinas, passaram a flanar pela Plaza de Armas, decorada com vielas onduladas, lagoas e coretos. Tudo era prosperidade, ascensão material, progresso social. A Casa Francesa, na Rua do Estado, com sua enorme insígnia parisiense, acrescentou um terceiro piso à sua loja, e, em frente ao prédio Union Central, foi inaugurado o cinema Lumière.

Thérèse habituou-se a ir passear com a filha no Cerro Santa Lucia todos os domingos. Era visível, à medida que crescia, que Margot não gostava da companhia de outras crianças. Não corria no jardim com o macacão desabotoado, não bebia água das linguetas de bambu do Rio Mapocho, não se escondia entre os arbustos espinhentos e as ervas daninhas. Seu humor natural era neutro, opaco, embastilhado numa fortaleza secreta. Ela não mostrava interesse por nada, não tinha curiosidades. Cobria-se até o pescoço com vestidos de gola denteada azul. Pálida e discreta, não manifestava qualquer ânimo para as brincadeiras da infância. Àquela idade, tão propensa aos sonhos, não contando com amigos, era capaz de passar um dia inteiro sem pronunciar uma só palavra. Nada nela deixava antever a mulher brigona, de ambições lendárias e extravagantes, de vitórias explosivas que, mais tarde, fascinaria o povo.

Dos Lonsonier ela havia herdado o sangue jurássico, os olhos de outono e o porte digno. Encarnava o mutismo arrogante dos povos do interior. Dos Lamarthe, trazia a tendência mediterrânea para surpreender, nos momentos mais inesperados, com revoltas intempestivas. Essa mistura fazia com que, em raros momentos, ela fosse de súbito atravessada por alegrias desavisadas, prazeres furtivos, vivos deleites que desapareciam logo em seguida, como golpes de espada num espelho d'água. Sua mãe era, talvez, a única a compreender o distante devaneio da filha, que era confundido com um caráter frio. Thérèse mandou chamar Aukan, que conquistara a confiança da família Lonsonier desde o dia em que tentou curar Lazare. Ele chegou tão aéreo, deambulando de juventude e frescor, tão perfumado e infantil, que Lazare comentou que, aparentemente, o tempo não afetava os feiticeiros.

– Não sou feiticeiro – defendeu-se. – Sou *psichologiste*.

Disse essa palavra em francês porque rimava com *artiste*. Uma pele de vicunha, em par com uma capa em lã, adornava seus ombros. Como única bagagem, trazia um pequeno alforje de couro cheio de ossos de dinossauros. Explicou que aquilo eram restos de um herbívoro de quinze toneladas e de doze metros de altura que vivera setenta milhões de anos antes, descoberto recentemente em expedições ao sul da Patagônia.

– Seus ossos valem mais que diamantes – disse, com orgulho.

À espera de encontrar um mercado para vendê-los, mas também por estar convencido de que os traficantes de objetos arqueológicos estavam atrás dele, julgou que a casa de Santo Domingo era um local conveniente para escondê-los. Foi assim que fósseis pré-históricos acabaram alojados em uma das prateleiras da cozinha, dentro de uma pequena lata de biscoitos, e que uma jovem enfermeira as confundiria, quarenta anos depois, com pés de galinha.

Confiante, Aukan se pôs de frente para a pequena Margot, que, sentada numa cadeira de vime, chupando o dedo, fitava-o com os olhos grandes e vazios. Thérèse perguntou se Aukan tinha filhos:

– Tenho cem filhos.

Além de pedaços de dinossauro, o *machi* trazia no bolso um tesouro que havia guardado para ela. Sob uma luz brumosa, num chacoalhar de pulseiras ele desenrolou um discurso que parecia ter decorado. Tinha relação com expedições a picos gelados, travessias de pampas, de caminhos místicos, de florestas invernais, onde viviam os mapuches que tomavam *ibadou*. Relatou que, ao mascar o *ibadou*, os indígenas conseguiam flutuar no ar até atingir quatro metros acima do chão.

– Quando passei meu cajado sob os pés deles, ou por cima de suas cabeças, para descobrir se havia um truque, compreendi que aqueles homens praticavam a levitação.

Margot agitou-se na cadeira e olhou para a mãe, indagando:

– Levitação?

– Histórias de *machis* – esclareceu Thérèse, com um gesto de desdém.

Aukan então tirou da bolsa um pequeno tubérculo branco, duro e seco como uma raiz de samambaia, que esfregou entre os dedos.

– O *ibadou* é bem mais que isso.

Ele juntou as palmas das mãos, enfiou o nariz entre elas e inspirou com força. Seus olhos giraram, as faces empalideceram.

– Dê aqui seu anel – pediu a Thérèse.

Aukan segurou a joia. Franzindo as sobrancelhas num profundo estado de concentração, invocou forças celestes, abriu as palmas das mãos, e o anel, no meio, ficou suspenso, como se flutuasse. Ele o fez rodopiar graciosamente, borboleteando, e girou os dedos em torno para provar que não havia nenhuma artimanha. Após alguns segundos, Aukan cerrou os punhos. Soltou um suspiro, como se lhe custasse um tremendo esforço, devolveu o anel a Thérèse e então permitiu-se um silêncio, um silêncio sábio e solene, que parecia instalar uma verdade.

– A levitação é o futuro.

Margot arregalou os olhos com um espanto que nela era inédito. Diante dos Lonsonier, motivado por seus olhares de admiração, Aukan se pôs a desfilar os nomes das modalidades de levitação praticadas pelos caciques de sua comunidade, assim como daquelas próprias aos xamãs e aos médiuns, transmitidas pelos velhos cronistas de Nacimiento, ignorando que dava a Margot a senha do que, mais tarde, seria a única obsessão de sua vida.

Aukan mencionou seu irmão Huenuman, que, durante um rito, ficou suspenso no ar por três dias, sem comer. Foi preciso resgatá-lo com uma corda para evitar que caísse dali, faminto. Falou do chefe indígena Rutra Rayen, flagrado por um missionário elevando-se a um braço do chão e mais tarde imortalizado em vitrais de uma igreja europeia. Narrou o caso de dois caçadores que, depois de terem consumido *ibadou*, subiram tão alto que todos os perderam de vista. Só foram localizados horas depois, aterrorizados e mudos, sentados nas copas de um carvalho. Existiam também, segundo ele, casos de semilevitação, de ilusões aéreas, de sonâmbulos que simulavam êxtases, falsários espertos que se dedicavam a jogos de magnetismo. Porém, nada o impressionara mais que a história de um homem que, em pleno transe, durante uma procissão dedicada a São Francisco de Assis, voou sobre a multidão, alçando-se ao vento sem nenhum esforço, em sandálias e túnica de lã, subindo direto ao céu como uma chama de vela. Era um frade, Joseph de Cupertino, que levantou voo diante de cem espectadores em estado de encantamento, sem apoio visível nem força física, sozinho, cara a cara com a biologia divina.

– Ele foi o primeiro aviador – concluiu Aukan.

Margot teve um tremor:

– O primeiro o quê?

Essas palavras, essa indagação incontida, pronunciadas com a precipitação da juventude, foram para ela como uma profecia. A partir desse dia, passou a viver o prólogo de uma vocação. Muitos anos depois, Aukan confessaria que a levitação do anel nada mais era que um velho truque de mágica para o qual era necessário apenas um fio invisível extrafino, duas bolas de cera em cada unha e um bom cenário. Ele tencionava, graças à sua performance, ensinar a ela a arte da ilusão. Acabou transformando-a numa aeronauta.

Após esse encontro decisivo, o rosto de Margot assumiu a estranha mistura de intensidade e de ausência que é a marca dos seres apaixonados. À noite, esperava que todos estivessem deitados para escapar sorrateiramente da cama. Abria as cortinas guarnecidas de estampas de ninfeias, abria os batentes e, com uma audácia incomum para sua idade, saía pela janela do quarto. Caminhava então sobre o telhado em passinhos curtos e leves, passando pelas janelinhas do sótão ou pelas venezianas abertas de cada piso, tomando cuidado para não se mostrar sob as persianas dos criados, aproximando-se ao máximo dos parapeitos para desfrutar da sensação de vertigem, embriagada pela altura, arriscando, por vezes, soltar uma das pernas para experimentar o terror da queda iminente. Dizia para si mesma que levitava pela cidade, voando sobre as margens do Mapocho, e planava bem além, fazendo piruetas nos ares, ágil e graciosa, contornando a catedral de Assomption-de-la-Très-Sainte-Vierge, mergulhando na direção do museu das Bellas Artes ou sobrevoando as árvores do Parque Florestal até a Praça Baquedano, na cabine de um avião imaginário, flutuando, como São Joseph de Cupertino, acima dos homens e das capelas.

Foi seu avô Étienne Lamarthe, *El Maestro*, que lhe deu de presente seu primeiro livro sobre aviação. Tratava das experiências dos irmãos Caudron, que, na Baía de Somme, dissecaram os pássaros para descobrir, na escrita oculta de seus intestinos, o mistério do voo. Como seu avô, que tivera ao longo da vida uma atração pelas aventuras incomuns, Margot, sem nunca ter visto uma asa metálica, tornou-se imbatível em matéria de aeronáutica. Quando ela fez quatorze anos, Amelia Earhart foi a primeira mulher a atravessar sozinha o Atlântico. Desde então, ficou obcecada pelas mulheres aviadoras que, à sua época, acumulavam recordes. Queria se parecer com Maryse Hilsz, que a bordo de um Morane-Saulnier, sem rádio, voara onze mil quilômetros de Paris até Saigon. Acompanhou com paixão a travessia de Léna Bernstein de Istres ao Egito, o Fokker da duquesa de Bedford, que voava com um vestido de cauda e um decote rendado, as lendárias viagens de Amy Johnson até a Austrália e as horas gloriosas da neozelandesa Jean Batten, apelidada "a Garbo dos ares". E, claro, conhecia de cor a história de Adrienne Bolland, que, com vinte e cinco anos, sobrevoou a Cordilheira dos Andes sem mapa nem instrumentos de navegação, sozinha, num avião feito de madeira e lona.

Não saía mais de vestido e tiaras, espartilhos e sandálias, mas usando um gorro de couro coberto por óculos de aviador. Criou para si um uniforme com calças de napa e botas negras forradas de pelo de carneiro, inspirada por fotografias em preto-e-branco que vira nos livros de *El Maestro*, e fincou na altura do coração um broche em forma de corvo, folheado a ouro, que roubou da coleção de Delphine. Era a primeira vez, na Santiago burguesa da época, que se via passeando uma mulher vestida como um homem, mas concluiu-se, por ignorância, ou talvez por um inconfessável pudor, que isso tinha a ver, sem dúvida, com os costumes franceses. Naquela idade, Margot tinha o olhar perdido, mas sua visão, desenvolvida, já estava afinada com a precisão e a exatidão que teria mais tarde, quando fosse integrar a *academia das forças do ar*. Ela progrediu rápido, mas continuou a ser uma moça pequena, sem uma verdadeira beleza, com uma vasta cabeleira cor de caramelo e formas precocemente arredondadas. Não tinha nenhuma paciência para as pequenas histórias de amor, as mediocridades sentimentais, e cansou-se logo dos círculos franceses de Santiago, nos quais se falava dos loucos anos 20 como se estivessem em Paris e se frequentava o "collège des demoiselles" das irmãs Obrecht.

Aos dezessete anos, ela ignorava orgulhosamente Verlaine e Rimbaud, preferindo, a eles, o estudo das fibras sintéticas que envolviam os balões. Não lia nem Gérard de Nerval nem Aloysius Bertrand, mas devorava sem cansaço, com uma curiosidade incessante, os calendários das chuvas, num tempo em que a meteorologia sequer iniciara sua marcha. De Ícaro só conhecia a ascensão, pois fechava sempre o livro antes de sua queda. Ao vê-la, já era possível vislumbrar as barracas nas bordas das pistas, as máscaras de oxigênio, as fortes turbulências. Não se deixou tentar, como outras, pelo encanto dos uniformes, o charme do couro, o prestígio das fitas e distintivos. Margot Lonsonier entrou na aviação como, antigamente, entrava-se numa ordem, para abraçar uma vocação e morrer.

Margot

O velho Lonsonier prosperou em seu novo domínio. Não se contentava mais em fabricar vinhos: passou a comprar a produção de outras propriedades do Valle Central para distribuir em grandes mercados urbanos. Santiago tinha nessa época oitocentos mil habitantes numa extensão de oitenta quilômetros quadrados. Aproveitando-se da expansão da cidade, Lonsonier instalou seu escritório na Avenida Vicuña Mackenna, artéria mais próxima da linha de trem. A estrada de ferro, que ligava a capital às cidades do sul, como Puente Alto e Rancagua, permitia que ele recebesse rápido as encomendas de barris ou o vinho já engarrafado.

Nessa avenida, as velhas profissões começavam a rarear e as novas tomavam seus lugares. De porta em porta não se via mais o empalhador de cadeiras, o latoeiro nem o tocador de realejo, cujos rolos de papel eram roídos por um papagaio engaiolado. Tampouco se via o relojoeiro, o acendedor, com suas hastes em chamas para alcançar as lamparinas nos postes de rua, ou o *sereno*, que cantava as horas e a meteorologia. Os espanhóis haviam conquistado o monopólio das quinquilharias e das firmas de construção, os turcos controlavam o correio, os judeus, as lojas de alfaiataria e os italianos, as quitandas. No processo de substituição dos velhos ofícios, os franceses trouxeram o comércio de varejo, melhoraram o processamento da prata na região de Lota, as novas fundições e as minas de Caracoles. Cuidaram também de seis fábricas de perfume de Grasse que, pelo seu nível de precisão e aperfeiçoamento, passaram a rivalizar com os padrões impostos pela matriz.

Homem de seu tempo, Lazare, por sua vez, decidiu lançar-se à aventura comercial e implantou uma fábrica de hóstias no local onde antes funcionava uma cutelaria. Ficava a poucos metros de sua casa, na mesma Rua Santo Domingo, numa posição em que era possível avistá-la do jardim, escalando o gradeado do viveiro. Ele comprou a loja quase de graça quando seu proprietário, Emiliano Romero, um pequeno bigodudo de Arica, anunciou que não conseguia mais vender uma única faca desde a chegada das indústrias norte-americanas, cujos preços competiam com os dos antigos artesãos da Babilônia.

– Eles me arruinaram, da lâmina ao cabo – lamentava-se, pinçando os fios do bigode com os dedos. Com quarenta anos, Lazare era um cavalheiro sensível, de espírito instruído e conversa abrangente. Seu pulmão ainda o incomodava, às vezes era assaltado por enxaquecas e apertos no peito, mas, com sua audácia, aprendeu a acalmar as tempestades que o castigavam. Assim, instalou-se na oficina Romero, com pé-direito de três metros, janelas alongadas como vitrais de igreja, piso feito de uma só pedra de concreto, sobre a qual amoladores de facas antes arrastavam pesadas formas para erodir lâminas e esculpir cabos de chifre de búfalo, e onde, a partir de agora, se amassaria a farinha como antes se amassava o metal. Lazare adorava esse refúgio, o teatro das grandezas e decadências de sua linhagem, que cheirava a fermento e aço, milho e forja, um misto de aromas que persistiria até o dia de sua destruição. Entusiasmado pela demanda crescente, aprendeu depressa a atrair como clientes as principais igrejas de Santiago.

Percebeu que a massa poderia ser útil também aos farmacêuticos, para revestir suas cápsulas, e aos produtores de torrões, para a forma de seus doces. Em poucas semanas, ele já precisava de mais prensas e encomendava umidificadores para evitar que as placas se tornassem quebradiças. No início, as máquinas ficavam na grande sala principal, que era espaçosa. Mas logo mandou ligar a oficina a um hangar abandonado, por uma ala de dois andares, longa e estreita, cujo térreo ficaria com as máquinas e o segundo piso abrigaria seu escritório de diretor. Da janela ele desfrutava de uma vista parcial de Santiago e passava um tempo excessivo nesse aposento iluminado que apelidou de "capela". Cercado de hóstias e de farinha, ele buscava, ali, um silêncio monástico, onde pudesse vivenciar uma calma e uma solidão que não encontrava em casa, invadida por mapas aéreos, por caixas de ração e pelo aroma de fezes avícolas. Afastado dos trabalhos domésticos, concentrado no estudo de suas contas, nas reuniões com clientes e nos cadernos de especificações, Lazare levava uma vida obreira como a de um monge.

Numa noite em que dormia no escritório, acordou sobressaltado com um estranho som de passos que vinha da grande sala de máquinas. Aflito com a possibilidade de sua oficina ter sido invadida, pensou em se armar antes de descer, mas o único objeto que encontrou, em cima de uma mesa, foi o crucifixo de Saint Benoît. Abriu a porta com cuidado, acendeu todas as luzes de uma vez e descobriu, no meio da sala, um jovem ladrão com a expressão faminta, cabelos oleosos, vestindo farrapos, que se havia esgueirado numa fábrica de hóstia com o claro objetivo de comê-las. Com o santo na mão, Lazare ameaçou-o do alto da escada.

– Não se mexa, ou vou crucificá-lo!

Determinado a detê-lo, deslizou pelas escadas e derrubou bandejas de farinha no chão. O ladrão escorregou e Lazare jogou-se sobre ele. O acaso fez com que dois policiais de passagem, alarmados com o barulho, surgissem às pressas. Ao verem que Lazare o imobilizava, com o crucifixo apontado para o crânio, capturaram o rapaz e o algemaram. Excitado pela luta, Lazare gritou que daria queixa e testemunharia no processo, mas os policiais sorriram.

– Um processo? Ninguém vai investigar isso. Vamos resolver o caso num terreno baldio.

O medo que atravessou os olhos do ladrão perturbou Lazare. Ao examiná-lo mais de perto, viu um magricela imberbe, de traços adolescentes ferozes, com uma pele morena herdada de algum ancestral distante, operário do salitre.

– Como você se chama? – perguntou.

– Hector Bracamonte.

Lazare estudou sua fisionomia e reconheceu o filho de Fernandito Bracamonte, o velho carregador de água que, por mais de vinte anos seguidos, abastecera a banheira dos Lonsonier. Ele o distinguiu também pelas mãos de trabalhador iguais às do pai, a palma grande como uma pá, os dedos negros e pesados. Uma vergonha o dominou, e a imagem de Helmut Drichmann diante do poço de água, órfão e maldito, ressurgiu em seu espírito. Lazare pediu aos dois policiais que removessem as algemas.

– Eu retiro minha queixa. Vou cuidar disso pessoalmente.

Quando os dois deixaram a oficina, Lazare virou-se para Hector e pôs o crucifixo de Saint Benoît entre suas mãos.

– Tem um martelo naquela gaveta – apontou. – Vá pregar essa cruz.

O rapaz andou timidamente até a gaveta, de onde recolheu um martelo e dois pregos que estavam guardados num copo. Escolheu uma das paredes.

– Não. Lá! – indicou Lazare, mostrando o alto da escada. Hector subiu os degraus com medo e, quando chegou ao último deles, começou a fixar a cruz com golpes acanhados de martelo. Lazare o observou em silêncio, com a expressão severa, a uma distância prudente da entrada. Quando o crucifixo estava devidamente pendurado, ele abriu a porta que dava para a rua.

– Para comer, é preciso trabalhar – ensinou.

Apanhou umas dez hóstias, despejou-as nos bolsos do rapaz e fechou a porta. Na primeira hora do dia seguinte, Lazare foi à loja de Ernest Brun comprar uma pistola. Venderam-lhe um revólver modelo 1892, preto, cujo bronze estava ligeiramente desbotado nas bordas. Na mesma noite, escondeu dois sacos de balas na fábrica de hóstias, dentro de uma caixa de papelão vermelha achada numa prateleira alta, que ninguém havia aberto em anos e que continha velhas folhas manchadas e cartas de pêsames. Depois de enterrá-la sob uma pilha de engradados, achou que não era prudente esconder no mesmo local a arma e a munição, e decidiu enfiar o revólver no bolso interno de um velho paletó que pendia num gancho.

Dois dias depois, às sete e meia da manhã, quando abriu a porta de sua oficina, avistou o rapaz agachado, recostado numa parede do alpendre, enrolado num poncho como se o seu corpo fosse uma esfera. Hector Bracamonte se levantou e postou-se diante de Lazare, com seu belo rosto de guerreiro e uma trouxa na mão, e disse, com uma voz que traduzia dignidade:

– Para trabalhar, é preciso comer.

Lazare o contratou como aprendiz. Descobriu, em pouco tempo, um jovem valente e leal, de temperamento discreto e caráter honesto. Ele ia e vinha com vassouras sob os braços, um ar de cacique, a pele polvilhada por uma argila dura e orgânica, como se tivesse saído das entranhas da própria oficina. Embora seus olhos fossem secos e intensos, não havia sombra de maldade no olhar. Suas sobrancelhas eram selvagens como alcaparras e seus cabelos eram lisos e muito negros. Os lábios espessos davam a seu sorriso a amplitude de uma sanfona aberta. Foi o primeiro e o último empregado dessa fábrica, à qual se afeiçoou como se fosse sua. Mas só muitos anos depois, durante as horas tristes do golpe de Estado, ele poderia agradecer ao patrão por ter salvado sua vida.

Lazare entrou num período de grande prosperidade. Passou a usar ternos de riscas cruzadas, sempre com uma valeriana na lapela, e lenços bordados com sagitários. Como quase nunca saía dali, calçava pantufas persas. Deixou crescer um imponente bigode cujas franjas caíam pelas laterais de lábio superior. Não havia, segundo ele, um homem mais legítimo para representar sua pátria, mais essencial ao seu resplendor, mais apto a reabilitar o lustro de seus brasões, do que aquele que continuasse a cultivar o prestígio da terra natal a mais de dez mil quilômetros de distância. Assim, praticamente não abandonava seu escritório. Adquiriu a mania de almoçar ali mesmo, com os pés apoiados sobre uma gaveta aberta, submerso em intermináveis cálculos para medir a rentabilidade de seus investimentos, passando noites em claro enclausurado entre suas paredes, sitiado por torres de papel e faturas. Ali, no alto da escadaria ornada com a cruz de Saint Benoît. Como símbolo de seu renascimento, ele guarneceu um velho cartucho de explosivo achado num antiquário com um elegante buquê de papoulas. Para não ter que se levantar quando batessem à porta do escritório, chegou ao extremo de inventar um engenhoso mecanismo de fios de ferro com os quais puxava a maçaneta à distância. Os clientes se multiplicavam, o capital germinava, as contas aumentavam. Na batalha diária para vencer a concorrência, Lazare foi de tal forma absorvido pelo seu empreendimento que sequer notou que sua filha entrara na adolescência.

Foi Thérèse, portanto, que assumiu o lugar de mãe, guardiã e educadora, enquanto Lazare, cada vez mais ausente, refugiava-se em seus reinos de cifras solitárias, receoso de ser incomodado em suas reflexões. Às vezes ele atravessava apressadamente a sala para procurar um papel, murmurava algumas palavras, engolia o jantar num segundo, e essa urgência anônima, esse afastamento austero, acabaram por fazer dele um estranho dentro da própria casa. Thérèse lamentou que tivesse passado o tempo em que ele era tímido e atencioso, quando não ousava dar um passo sem pedir seu conselho. Sentia falta daquele homem ferido e doce, frágil em seu banho de flores de mirtilo, trazido à sua vida pelo vento, como uma cegonha perdida, de voz tenra e braços inábeis. Por isso, quando Margot anunciou à mãe que seria aviadora, uma profunda preguiça a dominou.

– Você vai ter que ver isso com seu pai.

Lazare hesitou diante da filha. Lembrou-se da invasão dos pássaros à casa, dezesseis anos antes, e concluiu que esse gênero de disparates aéreos, repetidos com frequência em uma mesma linhagem, poderia virar um atavismo.

– Faça o que quiser – respondeu. – Mas não se meta com pássaros.

Mais preocupado em evitar que ela se envolvesse com más companhias, Lazare acabou cometendo o descuido de deixá-la sozinha consigo própria. Depois, quando pensou em retrospecto, confessou que a última coisa que teria vindo a seu espírito ao pronunciar essa frase foi que sua filha decidisse construir um pássaro metálico no jardim. Na primavera, num clarão que ela conseguiu abrir arrancando ervas daninhas do terreno, instalou um grande toldo e entregou-se à reprodução artesanal do *Spirit of Saint-Louis* de Lindbergh. Ela mesma procurou em toda a Santiago o material, enfurnando-se nos antiquários e nas vendas de quinquilharias da Alameda, nos depósitos do Mercado e nas lixeiras das usinas metalúrgicas. O jardim se cobriu, pouco a pouco, de vigas de trem e pedaços de lemes retangulares, espalhados por toda a extensão. Lado a lado com nabos e cenouras, sobre o gramado e as ervas, dispunha-se uma metade de hélice, como se cortada por um sabre, uma asa acidentada que parecia uma roda de carroça que escapou de sua órbita e tábuas de pinho de Oregon que se acumulavam perto da videira. Thérèse avaliava com um olho desconfiado aquele vaivém de objetos melados de graxa e poeira, abandonados em hangares sujos, que ninguém queria e que agora se entulhavam em seu jardim, transformado num aterro público. Não tentou dissuadi-la, exceto uma vez, quando flagrou a filha com um machado na mão, prestes a derrubar um dos limoeiros da fachada para a construção da estrutura de madeira das asas.

— Esses limões são parte da memória familiar – advertiu.

Mas Margot cortou o tronco da árvore e com ele fez longas hastes, que foram coladas para formar o esqueleto da nave. Ela havia costurado para si um uniforme cinza sujo, largo, dentro do qual seu corpo flutuava, um camisão estampado com motivos de hélices que ia quase até os joelhos e tamancos cujas pontas ela reforçou com placas metálicas. Para quem a via, com os braços cobertos de manchas de óleo, subindo e descendo uma frágil escada, tinha o aspecto de um náufrago que, numa praia abandonada, tenta construir um barco sob o sol forte.

Mas Margot logo se deu conta de que, sozinha, não chegaria ao seu objetivo. Procurou um sócio que se dedicasse à empreitada com a mesma aplicação e a mesma esperança cega que a consumiam, que trabalhasse com asseio e que, dividindo as mesmas promessas, corresse os mesmos riscos. Passados alguns dias, numa terça-feira chuvosa, apareceu um rapazinho, molhado até os ossos, com pequenos olhos negros perdidos em sulcos muito dilatados. Com seus traços oblíquos, tinha o ar de um jovem cossaco.

Chamava-se Ilario Danovsky. Era uma criança judia da vizinhança, que vivia numa casa na Rua Esperanza. Dizia que seu pai era piloto. Tinha uma cabeça de buldogue, um nariz com as cavidades afastadas e uma fisionomia gorducha, esférica e lunar. Assim que foi possível, desembarcou na casa dos Lonsonier em trajes de trabalho, com uma expressão inquieta, sem que sua presença fosse de fato notada, e passou a trabalhar na construção do avião, dia e noite, com ardor. Dava a impressão de que uma voz interior, adivinhando a ironia do destino, murmurava em seu ouvido que se apressasse em viver. Apesar de superá-la em força, peso e altura, parecia cansar-se mais rápido que Margot. À ação de um respondia, continuamente, o gesto do outro. Entre eles se criou um tipo de camaradagem cúmplice que dava a Margot o ânimo de persistir em sua obra. A simplicidade que caracterizava a colaboração dos dois impedia qualquer ambiguidade, a ponto de Thérèse desconfiar mais das aspirações aeronáuticas da filha do que de intenções galantes da parte de Ilario.

No mês de setembro, as asas foram fixadas. O avião, no centro do jardim, encurralado entre o vinhedo e o viveiro, tinha a forma de uma lira. Exibia cilindros que saíam de todo o seu corpo, mastros com a fiação ao vento e um trem de aterrissagem tão rígido que as rodas só giravam depois de um banho de óleo. Como o *Spirit of Saint-Louis*, a traseira da fuselagem era revestida de algodão Pima, que Ilario penou para encontrar, único tecido capaz de suportar sua estrutura, revestida de oito camadas de pigmento de alumínio. Em Limache, *El Maestro* comprou a um preço ridículo um motor de motocicleta Anzani, dotado de um capô, cuja potência de cinquenta cavalos era suficiente para darem a partida.

Um dia Thérèse, ao surpreendê-los em plena discussão, ouviu uma menção a datas da decolagem. Angustiada, foi contar a Lazare sobre sua descoberta, mas ele não deu a menor importância.

– Que seja amanhã ou daqui a dez anos, esse avião não vai decolar.

Por isso ele pouco se incomodou quando, no dia seguinte, ao descer para tomar uma xícara de café na sala, topou com a filha vestida numa casaca com colarinho de pele e um colete salva-vidas inflável.

– Hoje vou voar.

Margot encaixou seus óculos com um lenço entre o nariz e as alças e enfiou seus dedos em luvas de piloto costuradas em couro marrom de carneiro. Antes de sair, pôs um capacete e caminhou até seu aparelho, silenciosa e concentrada, como se avançasse ao encontro da imortalidade. Tinha se preparado para todas as eventualidades, todos os acidentes, todo trágico acaso, a ponto de se esquecer de Ilario Danovsky, que se apresentou à porta da casa nas primeiras horas da manhã, fantasiado de aviador dos anos 1910, com um culote de golfe e meias xadrezas inglesas. Toda a audácia de seus trajes comunicava satisfação com a energia empreendida na missão. Vaidoso até o limite, escondia, sob o gorro, os cabelos repartidos ao meio por uma risca perfeita. Assim, na hora da descida, passaria a impressão de que fizera tudo sem o menor esforço.

Os prédios de quatro andares pipocavam por todo o bairro, cercados de grandes hotéis e cassinos de luxo, mas a Rua Santo Domingo ainda era uma longa via recém-pavimentada, emoldurada por *quintas* em madeira, cobertas por telhas e amparadas por postes nos quais os cavalos eram amarrados. A polícia se vestia de branco, e as esquinas ainda exibiam seus pilares de pedra e seus cumes de azulejos vermelhos. Rapidamente, correu na vizinhança o boato de que o primeiro avião do mundo construído num jardim por dois adolescentes iria sobrevoar a capital, decolando de casa. Um tipo de orgulho aldeão tomou conta dos habitantes, que liberaram as calçadas de carroças e de vendedores de *chinchillas*. As barracas ficaram cheias de hortaliças, guirlandas de papel plissado brotavam das janelas e os postes de luz foram vestidos com tecidos amarelos e negros, dando à rua, nessas horas que antecederam a chegada do avião à pista, a elegância de uma abelha deitada.

Margot e Ilario não se demoraram. Diante dos olhares subjugados, embarcaram no aparelho e apertaram as correias dos cintos. Margot verificava cada detalhe com minúcia, quando um jovem jornalista, misturado à turba, perguntou:

— Para onde você vai?

Ela levantou a face e se deu conta de que a única coisa na qual não tinha pensado era o destino final. Sem se deixar cair na armadilha, inspirou-se em Adrienne Bolland para responder:

— Rumo a Buenos Aires!

Aplausos ressoaram. Animada pelo entusiasmo dos espectadores, ela explicou que eles venceriam a Cordilheira, cujo desfiladeiro mais baixo se situava a quatro mil e trezentos metros de altitude, a menos quinze graus centígrados. Para realizar tamanha proeza, disse Margot, ela precisou untar o corpo todo de graxa e de cascas de cebola que, segundo explicou, limitariam os efeitos da falta de oxigênio. Estava até trazendo um machado na bagagem, para o caso de caírem e precisarem cortar uma asa para fazer um teto.

— Se tudo der errado, atingiremos a Argentina com um acidente espetacular.

Sua coragem foi celebrada, e quando ela soltou os freios, a rua se levantou como se fosse um só homem. O motor roncou, e o zumbido lhe pareceu tão familiar que ela teve a sensação de ter vivido embalada por essa trepidação desde que nascera. O avião estremeceu docemente, sacolejou sobre a pista pavimentada e sob o peso do combustível, fazendo zunir ao máximo seu motor ajambrado de motocicleta. A nave desfilou em pequenos saltos de pulga, ovacionada pela vizinhança e pelas crianças que saíam das casas para admirá-la, e até por fiéis que se benziam à sua passagem.

O avião acelerou, mas, de repente, ouviu-se uma forte detonação e um estalo seco. Mal havia tomado velocidade, já desacelerava. Avançava com tanta dificuldade e lerdeza que dava para segui-lo a pé. Soltou descargas trovejantes, hesitou, tropeçou de forma espalhafatosa até que, finalmente, o motor parou. Os incentivos do povo não diminuíram, todos convencidos de que o silêncio repentino da engrenagem era uma etapa capital para uma decolagem perfeita. Margot foi a única, ali, a compreender que seu aparelho não voaria.

Ela chegou a lamentar que não tivesse ocorrido um acidente, ou uma catástrofe aérea, alguma coisa heroica e trágica que pudesse, pelo simples fato de situá-la no meio de um drama, dar-lhe um papel mais importante no evento do dia. Enquanto o avião ainda persistia em sua corrida sem motor, pela força apenas da impulsão, Margot calculou que a rota ficava cada vez mais estreita, com postes de luz que se aproximavam da envergadura das asas. Antes de ser entalada por dois postes, acionou os freios e seu avião parou completamente no meio da rua, como um jumento.

Ilario virou-se para Margot. A decepção que viu em seu rosto o fez estremecer. Abatida e impotente diante da pane, foi tomada por um furor selvagem. Já se preparava para sair da cabine, quando pressentiu uma sutil mudança no coro da multidão. Foi então que uma música ainda discreta se fez ouvir. Um passante exclamou:

– Uma fanfarra para a decolagem!

Margot desatou seu cinto, soltou a correia do capacete, desabotoou o colete salva-vidas e, ao endireitar-se, a primeira coisa que percebeu foi uma fila de mulheres que marchavam, fazendo ressoarem tambores, enquanto os homens, atrás delas, balançavam seus trompetes para a esquerda e para a direita. Eram homens e mulheres que tinham um outro sotaque, seres sublimes de pele acobreada, cabelos espessos e mãos ásperas, arrastando consigo uma horda de crianças com olhos curiosos e os pés cobertos de areia, que vinham surgindo, algumas com pássaros pousados nos ombros, vestindo roupas estranhas, como saídas de uma fábula campestre e que, juntas, desenrolavam um letreiro de lona tricotado por matronas de seios enormes, onde estava escrito, em letras imponentes:

"Para a maior aviadora do Chile".

Margot abriu o *cockpit* e lançou-se para a escadinha do piloto. De repente, no centro da fileira de músicos, apareceu, numa túnica de monge, um homem empunhando uma batuta. Era Étienne Lamarthe, *El Maestro*, vindo em expedição da aldeia de Limache, com todos os seus músicos portando vinte e cinco instrumentos brilhantes e novos, para acompanhar o primeiro voo de sua neta.

Ela caminhou na direção do avô, mas *El Maestro*, na pele de seu personagem, agarrou-a pela cintura com duas grossas cordas. Com o auxílio de ganchos, ele as atrelou em seu cinto de aviadora e fez um sinal para seus seguidores. Num golpe, ela se sentiu pairando sobre o solo, elevando-se a alguns metros por um sistema de cabos e guinchos, suspensa nos ares. Do alto, viu a rua decorada de flores e guirlandas e ouviu o burburinho de morteiros e risadas, e sobrevoou seu avião imóvel que não havia decolado, cujo corpo parecia o de uma baleia adormecida nas areias da costa. Só então, lá do alto, no meio do céu, ela distinguiu Aukan ao lado do *Maestro*, e entendeu que eles haviam recriado a cena da levitação de Saint Joseph de Cupertino durante a procissão. Margot levantou uma das mãos como se agarrasse um leme, arqueou as costas, fingindo escorar-se em seu assento e só nesse instante, imaginando-se na cúpula das nuvens, fechou os olhos e deixou seu espírito expandir-se a bordo de seu avião invisível.

Os Danovsky

Por mais que mergulhemos na genealogia da família Danovsky, só encontramos rabinos. Jacob Danovsky era o décimo sacerdote de uma longa linhagem *ashkenazi*. Nascera no interior da Ucrânia, o mais velho de doze varões, numa aldeia perdida no meio de um pequeno vale denso e seco, povoado de superstições, crenças populares e fornadas de pão preto. Sua família vivia num *shtetl* anexo a um vilarejo ortodoxo onde havia uma sinagoga de madeira. Os rapazes se submetiam a uma educação severa e ao serviço militar obrigatório, que, naquela Rússia czarista, punha os homens mais na qualidade de servos do que de soldados. Já fazia um século que a população judia ficava restrita a uma zona limitada de residência, uma faixa estreita, um corredor a oeste da Rússia que se estendia do Mar Báltico até o Mar Negro. O cotidiano dessas famílias era árduo, miserável, humilhante. Controlava-se a atividade comercial, os alimentos eram racionados, e os rabinos, apesar de sua frágil influência, eram os primeiros a serem abatidos quando havia um *pogrom*.

O assassinato de Alexandre II provocou uma onda incontrolável desses massacres e saques. Os cristãos destruíram sua aldeia e queimaram os livros sagrados da sinagoga: tudo o que restou foi um cemitério de pedras tristes cobertas de cinzas e de metais desfigurados pelas chamas. Os Danovsky abandonaram sua casa, seus nabos silvestres e suas plantações de sálvia e iniciaram uma viagem arriscada de vários meses, dormindo em fazendas e em estepes, seguindo rotas ocultas em caravanas de ciganos, escondidos sob tufos de palha e entre beterrabas e dividindo licores à base de alcaçuz com os andarilhos. Foi assim que Jacob Danovsky completou a travessia de uma parte do continente, transpôs o Canal da Mancha e entrou na Londres do começo do século, em plena expansão industrial, cheia de jovens camponeses que não falavam inglês e que se dividiam por dialetos. O iídiche, tesouro idiomático da diáspora judaica, formava uma teia secreta invisível, que unia os imigrantes judeus de toda a Europa como numa rede tentacular, de modo que se formaram em Londres subúrbios inteiros onde o inglês era uma língua estrangeira, as reuniões aconteciam em antessalas de rabinos e onde mesas vitorianas eram usadas para imolar carneiros nas festas hassídicas.

Ele se casou com Paulina, que chegara a Londres com um grupo de jovens pioneiros da Galícia[4], ao norte dos Cárpatos. Era uma mulher alta, de longos cabelos louros e o nariz como o de um pássaro reclinado, divorciada de um homem com quem tivera uma filha, Aida. O início de seus amores londrinos foi calmo, mas rapidamente as

---

[4] O autor se refere à região histórico-geográfica entre a Ucrânia e a Polônia, e não à comunidade autônoma espanhola. [N.T.]

condições de vida difíceis, a miséria do exílio e a lembrança dos *pogroms* levaram-nos a sonhar com uma outra existência, do outro lado do oceano, nas costas longínquas do Novo Mundo.

Nessa época, um certo barão de Hirsch, financista judeu, associou-se com o Dr. Guillermo Loewenthal, um cientista visionário, para organizar um vasto movimento de migração de judeus russos para a Argentina. Um rumor se espalhou, mencionado nos despachos dos jornais de Odessa, dizendo que o barão havia comprado colônias agrícolas a trezentos quilômetros de Buenos Aires, para ali criar uma nova Terra Prometida. Após vinte séculos de opressão, cento e trinta famílias judias vindas da Bessarábia, da Podólia e da Moldávia embarcaram nos cargueiros *Lissabon* e *Tiolo*, lotados de rabinos de Sebastopol e de caraítas, jovens talmudistas das *yeshivás* e oradores poloneses, para se reunirem no Porto de la Plata. Foi assim que Jacob Danovsky, Paulina e Aida atravessaram o Atlântico a bordo de um navio cujos flancos de ferro viram nascer Bernardo, um menino cambaleante, de humor chuvoso, que muitos anos depois viria a se tornar pai de Ilario.

Ao chegarem, embarcaram num trem até a colônia judaica de Carlos Casares, um terreno de planícies geladas, onde o vento agitava flores espinhentas ao longo de uma esplanada, estendendo-se, a perder de vista, até um conjunto de barracos revestidos com papel de alcatrão. Tudo estava por fazer. Era preciso construir alojamentos, preparar os terrenos para o cultivo, passar o arado. Mas a alvenaria e a lavoura eram totalmente estranhas à maioria daqueles homens. Eles não eram nem pastores nem boiadeiros. Tiveram que enfrentar a penúria de alimentos, a falta de remédios, as invasões de gafanhotos e as epidemias do gado. Na praça central da colônia, ergueram uma sinagoga construída com troncos de oliveiras e madeira de *quebracho* para simbolizar a união dos dois mundos. Fizeram também um cemitério judaico, sem flores nem coroas, e um modesto ambulatório, rodeado de *ranchos*, com trinta leitos. Ensinaram seus filhos a conduzir os bois nos pastos, mas também a dizer as orações rituais. Esses imigrantes judeus, pobres e maltrapilhos, enfermiços e alquebrados, a quem haviam prometido um lote de terra, transplantaram seus costumes religiosos para milhares de quilômetros da origem, a ponto de, na primeira sexta-feira de março, as cabanas se iluminarem para celebrar o início do *shabat*.

Em poucos meses, já se vestiam como *gauchos*, bebiam *mate* em *bombillas* talhadas por eles próprios e aprenderam a cortar o *asado* segundo a moda *criolla*. Construíram um posto de guarda, um pequeno estábulo e um bazar que funcionava como mercado, onde se vendiam bolos de maçã com mel. A colônia ganhou também uma escola que incluía uma ala exclusivamente dedicada ao estudo de hebraico e dos cinco livros da Torá. Nessas terras, onde as montanhas desconheciam a herança de suas lendas, o tempo era medido em estações invertidas, lentas, de forma que a marcha do novo povo não carregava aquela ânsia natural das migrações. Assim, no começo do século, Carlos Casares já ocupava quarenta hectares, com quinhentos habitantes. No terreno remexido eram plantados tupinambos, couve, feijão e espinafre, e nele vinham pastar ovelhas negras que sobressaíam na paisagem multicolorida que cercava a grande lagoa de Algarrobo.

Jacob, o rabino da colônia, instalou-se numa das casas da praça central, junto com Paulina, Aida e Bernardo. Ele era, então, um ancião de barbas brancas, mãos de pergaminho e um corpo com aspecto de casca de alfarroba, monótono e silencioso, que trabalhava nos sulcos da terra com a mesma alegria indiferente com que entoava seus cânticos. Ele quis fazer de Bernardo o próximo rabino da nova geração, mas seu filho, aos doze anos, não seguia os ensinamentos, não lia o Talmude e mantinha distância da influência dos hassidistas dos círculos *chabbad*. Não ia mais à sinagoga e abandonou o iídiche, trocando-o pelo espanhol. Assim mesmo, fez, aos treze, seu Bar-Mitzvah, como exige a tradição. Pronunciou as frases necessárias, cantou com os *teamim*, mas essas convenções religiosas foram os únicos sacrifícios que concedeu ao pai.

Afastou-se assim das regras estritas de seus ancestrais e não se sentiu investido de nenhuma missão. O tempo cavava uma evolução inevitável dos velhos costumes. Numa tarde de setembro, dez dias após o ano novo judaico, quando a comunidade cumpria o jejum rigoroso do Yom Kippur, Bernardo aproveitou que todos se penitenciavam na sinagoga pelos pecados no ano que passara, invadiu secretamente a padaria da colônia, que estava fechada, e empanturrou-se de todo um estoque de doces. Jacob ficou indignado com esse crime duplo, o roubo e a violação do jejum no dia do perdão, o feriado mais sagrado do ano. Envergonhado pelas abominações do filho, decidiu expô-lo à humilhação pública, amarrando-o a uma árvore no meio da praça da aldeia com uma placa pendurada no pescoço:

"Eu comi durante o Yom Kippur".

Segundo o relato de Bernardo, ele decidiu naquele dia mesmo deixar Carlos Casares e mudar-se para Santiago, no Chile, onde viveu dos quinze anos até sua morte, sem jamais renunciar à nacionalidade argentina. Tornou-se logo muito popular na pequena comunidade judaica de Santiago, uma galáxia minguada, soldada como um candelabro, permeável a alianças sólidas e transparentes. Apaixonou-se rapidamente por uma atriz, filha de judeus imigrantes, pequena, esguia, com grandes olhos azuis, que conheceu numa apresentação no Teatro Municipal. Eles se casaram poucos meses depois na sinagoga de Bicur Joilem, construída no sul da Avenida Motta. O casal alugou, no setor de Chacra Valparaíso, a leste de Santiago, um minúsculo apartamento que ficava no último piso de um prédio cercado de árvores e cuja única janela dava para uma praça.

Em 21 de agosto, trinta anos passados do exílio de seu pai, ao despertar de uma *siesta*, Bernardo assistiu à decolagem de um voo chileno efetuado por um francês, César Copetta Brossio, a bordo de um biplano Voisin, que ele havia construído em uma semana. As portas do céu se abriram para Bernardo. Ele ficou tão impressionado com o espetáculo e tão fascinado com a evidência de progresso diante de seus olhos, que decidiu fazer da aviação o seu ofício.

Mas como pesava mais de setenta quilos, era míope e casado, não preenchia nenhuma das exigências necessárias para adquirir um brevê de piloto. Teve que se contentar em ocupar um escritório sem janelas, situado no endereço do *Mercurio*, a primeira organização aeronáutica do Chile. Aqueles anos foram, assim, dedicados a redigir textos de regulamentação, autenticar registros de altitude e elaborar planos de duração e de distância. Ele trabalhava com homens de negócios que investiam audaciosamente no mercado postal futuro, ajudando a dotar o país de novos aviões e organizando coletas de fundos das areias do deserto do Atacama até as nevascas mais remotas de Punta Arenas.

Quando sua mulher ficou grávida, o casal se mudou para a Rua Santo Domingo, num bairro burguês habitado por famílias francesas, onde nasceu Ilario Danovsky, o único filho deles. O menino tinha olhos como pepitas de azeviche, tristes e vagos, que alcançavam o mundo com um dissabor acanhado. Ao crescer, revelou-se um garoto tímido, docemente desajeitado, uma espécie de poeta *naïf*. Nada nele anunciava a face heroica e sublime, fogosa e sonora que se confirmaria num campo de batalha, bem mais tarde, durante uma guerra na qual ele teria uma participação decisiva.

Um dia, quando já tinha dezesseis anos, soube que uma jovem vizinha procurava um assistente para construir um avião em seu jardim. Corria o boato de que ela era orgulhosa, arrogante e fria, o que aumentou sua curiosidade e o levou a se apresentar sem refletir, numa terça-feira chuvosa, com sua cabeça redonda e ares de pássaro encharcado, à porta dos Lonsonier. Ele reconheceria, mais tarde, ter sido imediatamente cativado por Margot, capturado por seu caráter ao mesmo tempo imperturbável e evasivo, direto e felino. Iniciava-se um período de trabalho árduo, que despertaria nele uma garra que jamais conhecera, deixando-se guiar por aquela moça cuja coragem o afastava de seus próprios pudores. Desejava agradá-la e ao mesmo tempo atrair a atenção de um pai ausente que, no mesmo período, dedicava-se a escrever uma bíblia da aviação chilena que o absorvia a ponto de sequer notar que o filho seguia seus próprios passos.

***

Em estreita ligação com a Europa, a escola de aviação e o Ministério da Aeronáutica tratavam de formar pilotos para o caso da eclosão de uma nova guerra. O regulamento nada dizia sobre a admissão de mulheres, e Ilario entendeu que havia, ali, uma oportunidade. Por isso, quando o jovem judeu, filho de uma extensa linhagem de viajantes e de terras prometidas, de utopias abortadas e de buscas dolorosas, percebeu que o avião de Margot não decolava, foi falar com seu pai.

Dois dias depois, Bernardo Danovsky apareceu no jardim vestindo calças de lona verde com corte de aviador, decidido a examinar pessoalmente o aparelho que eles tinham fabricado. Depois de inspecionar a máquina, virou o rosto para Margot e apoiou uma mão sobre seu ombro.

– E dizer que ainda educam as moças para fazer bordados...

No dia seguinte, Margot e Ilario se inscreveram num pequeno clube de aviação que ficava fora da cidade, onde teriam aulas de pilotagem. Eles imaginavam que iam ingressar num reino alado, mas deram de cara com um armazém. Diante deles estendia-se uma fazenda de pastagem com três pistas de terra mal aplainadas, escorregadias, cheias de lombadas e respingadas por poças de óleo. O espaço era atravessado por modestas estrebarias de aspecto industrial. Tudo tinha um tom cinzento, um ar lúgubre e degradado. As telhas eram cobertas por colmeias, ninhos de galinha e canteiros de hortaliças, e, na oficina de reparos, suja como uma loja de ferragens medieval, dormia uma velha égua negra. Nada era tão rústico e ordinário como esse campo de metal, enferrujado e lamacento, povoado de aviões amadores que iam e vinham cambaleantes, de um lado para o outro, entre as barracas e a zona de estacionamento, como se fizessem um desfile de charretes. Nenhuma surpresa estimulante, nenhum cerimonial. Os alunos aprendiam a pilotar em máquinas ofegantes, exaustas de tanto vento, malfeitas, que voavam por milagre.

Como fazia Thérèse em tempos passados, nos círculos de falcoeiros em Río Clarillo, Margot agora enfrentava os olhares atrevidos dos mecânicos, as meias-palavras, o humor vulgar, e se defendia dos capitães que tentavam seduzi-la com relatos de seus acidentes aéreos espetaculares. Teve que lutar com teimosia e altivez para manter os vinte centímetros de cabelos que eram autorizados pelo regulamento e que soube preservar como um sinal de dignidade feminina. Ao fim de um mês, reivindicou seu batismo aéreo. E certa manhã, quando ajudava a soldar peças de cabine, um dos instrutores surgiu diante dela e, abordando-a secamente, disse:

– Você. Amanhã, às seis horas.

Na mesma tarde, ela passou com sucesso pelo exame médico. Espantadas com sua capacidade pulmonar, as enfermeiras garantiram que, se ela assim desejasse, poderia respirar livremente sobre os cumes da Cordilheira.

– Você tem belos pulmões.

– É de família.

No dia seguinte, bem cedinho, ela se apresentou à pista de decolagem. Mas, ao chegar, constatou que não somente os carneiros perambulavam à vontade no terreno, mas que um grupo de zombeteiros tinha enchido a pista de galhos e gravetos, que formavam dizeres escritos às pressas: *Para a decolagem de Margot.*

Qualquer outra, menos firme que ela, teria dado meia volta e ido para casa, mas Margot arregaçou as mangas, retirou seu capacete e passou uma hora recolhendo os ramos da pista e engolindo o pranto. Naquele momento, pensou em Maryse Bastié, cuja biografia, trágica e apaixonada, narrando as lutas contra as desvantagens de seu sexo, ela tinha lido, e experimentou a dolorosa sensação de que a única coisa que a unia a esse grupo de aviadores era o distintivo da escola, que o alfaiate tinha costurado sobre seu uniforme. Quando os instrutores apareceram, ela estava de pé, sobre uma pista limpa, lisa, sem ovelhas ou obstáculos, pronta para executar o que se propunha.

Deram-lhe um Travel Air que mais parecia uma pipa motorizada, revestido de pano e equipado com comandos arcaicos. Ela pulou para dentro do *cockpit*, ajustou o cinto às suas medidas, fez as verificações de praxe e deu a partida no motor. Um ronco grave e modulado ressoou nos intestinos do aparelho. Sua hélice girou. O que ainda era, até dias antes, um simples aglomerado de ferragens e de parafusos começou a mover-se sobre a pista de decolagem. Os faróis de balizagem foram acesos. O aparelho tomou velocidade e, de repente, lançou-se, aos saltos, no vazio.

Margot não sentiu nem vertigem, nem medo. Só a potência animal de quinhentos cavalos de metal que a arrancaram do solo num salto, empinando suas asas selvagens. Subiu tão alto que teve a impressão de que o país inteiro se delineava lá embaixo, num só impulso. Nuvens imensas se desfaziam em corcovas e protuberâncias. As formas eram curvas, abauladas, bojudas como jarros, suspensas como corais, tracejadas de veios secretos; e, de algum modo, tudo obedecia a preceitos essencialmente femininos. Ela confirmou, naquele instante, que o nome do céu não podia ser masculino. Não conseguia acreditar que os primeiros aviadores tivessem sido homens. Para ela, o céu traduzia-se numa feminilidade explosiva, de contornos coronais. Era um lar, concebido como um ninho, um seio, provando que as primeiras civilizações a habitarem as nuvens eram matriarcais.

Os voos seguintes repetiram esse eco inaugural. Margot obteve com facilidade seu brevê de aviação. Aperfeiçoou-se e progrediu mais rápido que os outros. Diziam que ela podia roçar o cata-vento de um campanário em pleno voo e descer em mergulho a duzentos quilômetros por hora e apanhar um lenço no solo com o bico de uma asa. Mas em março, pelo tom seco das cartas da mãe, Margot anteviu um drama na casa de Santo Domingo, que, sob a folhagem dos anos, caíra numa solidão outonal.

Longe da filha, distante do marido, Thérèse sucumbia a um pesado abatimento. Esse colapso teve repercussões na saúde do viveiro, que, sofrendo também suas rupturas íntimas, entrou num estado de depressão coletiva. A doença caiu como um trovão nas cabeças de mais de cem pássaros, que começaram a fraquejar, sofrer de febres acompanhadas de diarreias esverdeadas, mostrar os olhos inchados, os bicos pálidos, de modo que não se podia entrar na grande gaiola sem ter a impressão de visitar um ambulatório de moribundos. As cabeças das andorinhas pendiam, as costas dos pardais se arqueavam, as asas dos falcões eurasianos tombavam, os periquitos tinham a plumagem espetada, os pássaros-do-amor sofriam de convulsões. A coruja de Thérèse perdeu tanto a graça, a força e a elegância que se tornou uma das raras aves a viver sem penas, coberta por uma pele rosada que lhe dava o ar de um gato molhado.

Era essa a situação quando Aukan chegou à casa, apresentando-se agora como um dos melhores veterinários da cidade e trazendo nos braços uma maleta cheia de barbitúricos e de seringas. Auscultou a passarada com instrumentos jamais vistos e extraiu secreções de seus bicos. Minucioso, com as mãos ágeis, as sobrancelhas franzidas, ele injetava sopas de ervas nos bichos, fazia punções para remover o pus, examinava as penas e, às vezes, arrancava de suas asas pulgas do tamanho de nozes, que matava com vinagre branco.

— Essas são capazes de comer um cavalo.

Aukan insistiu em desinfetar todo o viveiro. Segundo ele, o isolamento dos animais doentes era um passo essencial para a convalescença, e assim ordenou que fossem transferidos o quanto antes, um por um, e postos em compartimentos especialmente ventilados, de acordo com suas espécies.

— É preciso criar um ambiente apropriado.

Thérèse defendeu-se, explicando que ela mesma havia selecionado cuidadosamente os pássaros e listado os que podiam viver juntos, mas Aukan respondeu em tom de advertência:

— Visivelmente, nós vivemos num mundo onde as raças não podem coabitar.

Na hora, Thérèse não atentou muito para a frase e, mesmo sendo uma mulher bem informada, falhou em enxergar, nela, uma alusão à situação na Europa. Era com grande atraso que, na América Latina, os jornais começavam a falar de um estranho personagem, um chanceler alemão que atraía multidões para si e prometia encontrar os culpados pela crise econômica. Corriam rumores de que uma guerra poderia estourar e que a marcha do nazismo ganhava as classes mais vulneráveis. Essas novidades vinham em caravana como evidências tão inquestionáveis que Thérèse chegou à conclusão de que não podiam ser verídicas.

A escola de aviação não recebeu o anúncio de uma guerra próxima, mas teve notícias da doença que se abatera sobre o viveiro. Margot decidiu voltar à capital no trem noturno e apareceu na casa horas depois, em plena madrugada. Vinha no auge de sua força, transformada pela confirmação de sua vocação, pela vida dura e atlética na escola. À visão da casa transmutada em clínica veterinária, do viveiro esvaziado pela metade, do ar cheirando a desinfetante, da podridão das manjedouras e dos bebedouros secos como fossas, ela expulsou Aukan e passou a cuidar de Thérèse.

Com uma nova energia só sua, arrumou os medicamentos espalhados sobre a mesa, limpou as manchas, pagou os criados que reclamavam seus salários. Com uma máscara em torno da boca, examinou cada recanto e chegou à dolorosa conclusão de que aquele espaço não podia mais abrigar decentemente tantos animais. As criaturas que, outrora, exibiam em seus reinos plumagens radiantes, viam-se agora encolhidas, cercadas de farrapos, desprovidas de suas nobres posturas, tremendo como condenadas. Levantavam as cabeças depenadas, impotentes e minúsculas, os bicos encarquilhados, as asas enrugadas, as pálpebras batendo, transparentes.

Na mesma noite, sob as cobertas, ela esperou que todos estivessem dormindo e a casa estivesse em silêncio, como fazia em outros tempos, quando saía para passear no telhado. Quando tudo estava calmo, deixou a cama na ponta dos pés e invadiu o breu do jardim. O viveiro tinha a tristeza de um poço de água. Atrás das grades sujas, a coruja de Thérèse emitia uma queixa torturada. Margot distinguiu seu corpo minguado, seu bico adunco, seu abdome túrgido. A coruja fixava, com os olhos vazios, sua morada desvalida, mergulhada numa obscuridade leitosa, como uma hospedaria abarrotada de leprosos. Algumas cabecinhas salpicavam dos casebres em miniatura que pendiam do gradeado, e ovinhos podres, jamais chocados, infectavam o ar com um cheiro horrível. Margot, na pele de uma aviadora, cogitou que a maior infelicidade para aquelas criaturas seria morrer numa gaiola, e foi nesse instante, com a alma ferida, que ela decretou que chegara a hora de agir com grandeza.

— Elas voltarão para a França — murmurou.

Abriu a porta e deslocou os pássaros mais frágeis para o gramado. Alguns voaram de imediato, outros se encolheram, imóveis e pacientes. Pouco a pouco, afligidos por esse movimento incomum, os que ainda estavam no cativeiro começaram a farfalhar, eriçar-se, e brotaram num tumulto de plumas. Margot libertou cem pássaros naquela noite, como se ela mesma se libertasse de uma vida antiga, e só então voltou para seu quarto. Afundada no leito, teve um pesadelo pleno de ruídos furtivos, em que vislumbrou o viveiro se consumindo num grande fogo esverdeado. Lá dentro, fuzileiros davam cabo dos pássaros. Acordou toda coberta de cascas de pinho, como no dia de seu nascimento, e se precipitou no jardim para assegurar-se de que a gaiola estava bem vazia. Mas ao chegar lá, descobriu, com espanto, que todas as aves tinham voltado durante a noite. Sem ter para onde ir, elas se reuniam no alpendre do viveiro e seu conjunto tinha a forma de uma cabeleira de bronze.

Thérèse apareceu, envolta num xale, com a expressão angustiada e um jornal na mão.

– O que importam os pássaros? – exclamou, mostrando a primeira página.

A Alemanha acabava de invadir a França.

Ilario

Mais tarde, perseguida por aviões alemães, Margot Lonsonier não entenderia o sentido de ter se engajado naquela guerra que, por sua dupla nacionalidade e seu sexo, a dispensava de participar ativamente da mobilização. A doença dos pássaros tornara-se um problema secundário, e, a partir da eclosão da guerra, a moça ficou de tal maneira obcecada pelo conflito que alguns vizinhos pensaram, vendo-a tão radiante, que ela havia descoberto o amor. Cercada de mapas sinalizados com pinos e tracejados em vermelho, acompanhava os deslocamentos da rede aérea das Forças Francesas Livres, estudando a progressão das tropas como seu pai fizera durante a Primeira Guerra Mundial. Confeccionou sozinha seu uniforme de aviadora, enquanto as vizinhas tricotavam cachecóis para os jovens mobilizados. Todas as noites, iluminada por uma lâmpada amarela, sonhava com províncias distantes, pontilhadas por aldeias sublimes que o caos das explosões apagaria, uma a uma, das enciclopédias.

Não eram só os jornais *Candide*, *Jour*, *L'Illustration* que chegavam semanalmente repletos de novidades, mas também os diários chilenos *El Abecé* e *El Popular,* que dedicavam a metade de suas páginas aos acontecimentos. Nas fachadas de suas redações eram instalados cartazes informativos cujos dizeres mudavam com tanta rapidez que mal se tinha tempo de ler as mensagens que traziam.

O Chile, neutro durante quase toda a duração do conflito, limitou-se a ameaças diplomáticas e continuou a garantir os correios da Europa até o extremo Sul. O país declarou que suas Fuerzas Armadas estavam, de todo modo, equipadas para aproximadamente quinze minutos de combate. Talvez porque vivessem longe e sofressem de desinformação, muitos jovens chilenos, no início das hostilidades, apoiavam o Terceiro Reich. Como Ilario Danovsky, estavam convencidos de que os Estados Unidos mentiam, que manipulavam a imprensa e que a Alemanha propunha uma faxina nas democracias corruptas. Mas à medida que os meses passavam, no norte do país começaram a circular revistas e edições especiais como *Mi Lucha*, ou *Ercilla*, que distribuíam em massa despachos sobre os horrores cometidos pelos nazistas e sobre a natureza da Juventude Hitlerista. O Instituto Chileno Norteamericano passou a projetar documentários gratuitos nas principais praças, a fim de que todos comprovassem, em imagens vivas, o que se passava do outro lado do oceano. Em novembro, um comunicado do Ministério da Aeronáutica anunciou que a aviação francesa já havia perdido, em quinze dias, trezentos aparelhos. Ao mesmo tempo, nas páginas da imprensa, Maryse Bastié tomava a linha de frente:

"As aviadoras querem servir".

Num arroubo vertiginoso, Margot juntou-se a esse grito. Abriu um procedimento de admissão na embaixada francesa no Chile e enviou uma carta ao consulado, expressando a intenção de incluir seu nome na lista dos pilotos civis. Apesar de ser maior de idade, pediu ao pai que assinasse o requerimento, o que funcionaria como uma anuência simbólica à sua ideia de ir lutar na Inglaterra. Mas quando ela entrou no escritório, Lazare estava tão absorto no tesouro de sua fábrica que não reconheceu a filha, confundindo-a com uma freira anglicana que vinha regularmente receber suas fornadas de hóstia. Margot havia se tornado uma verdadeira mulher, firme e determinada, e sua aparição tinha o efeito de um renascimento.

– Vou lutar pela França – anunciou.

Lazare voltou vinte e cinco anos no tempo e se viu novamente no meio do salão, despido, cheirando a limoeiro, erguendo o punho enquanto pronunciava as mesmas palavras da filha, e essas palavras fizeram ressurgir diante de si a imagem do jovem perdido que um dia fora. Aos quarenta e seis anos, ele conservava o mesmo amor pela França, mas, também, o mesmo pavor da guerra. Pediu que ela ficasse.

– Se eu não for – respondeu Margot –, nós vamos receber a carta dos covardes, aquelas com uma pena branca dentro que a França envia aos desertores.

– Prefiro viver com uma pena branca e uma filha a viver sem nenhuma das duas.

Os temores de Lazare não afetaram o ímpeto de Margot, que recebeu sua admissão da embaixada e mandou avisar a Ilario Danovsky, que ficara na escola de pilotagem, sobre sua iminente partida rumo ao *front*. Como jamais estivera na Inglaterra, informou-se tão bem da situação que sua carta ao amigo era um verdadeiro relatório, com os mapas, as posições das pistas, as numerações dos modelos e os tipos de aparelhos que ela desejava pilotar.

Em 10 de julho, às sete horas, no aeródromo Los Cerrillos, Ilario Danovsky esperava Margot em terra. Eles subiram aos céus, fizeram o *tour* da base como saudação e partiram rumo a Buenos Aires, onde deveriam embarcar para Londres no cargueiro *R.M.S. Orbita*.

Esta seria a segunda guerra de um Lonsonier. Quando chegaram a Londres, fazia já um ano que a Luftwaffe bombardeava os portos ingleses. Aviões atacavam os comboios marítimos de Weymouth, a estação-radar de Ventnor estava fora de serviço e a foz do Tâmisa se enchia de carcaças de fuselagens, como um viveiro de asas estraçalhadas. Ao longo das margens, nos subúrbios, entre depósitos, em qualquer canto, cantinas de aviadores se estendiam a perder de vista, servindo às centenas de membros das tripulações que iam e vinham sem interrupção. Economizava-se combustível, secava-se a relva com fogo e as baixas não eram mais contabilizadas. Foi assim que, desde as primeiras horas, afastados de sua terra e de suas famílias, Margot e Ilario Danovsky compreenderam que seria difícil serem admitidos nas Forças Aéreas Livres. Com seu inglês precário e a equivalência com os brevês aéreos chilenos ainda não ratificada, tiveram que se nivelar por baixo, como todos os latino-americanos que se engajaram na Segunda Guerra Mundial.

Mesmo assim, Margot esgotou a leitura dos anuários de aviação. Ao fim de duas semanas, foi convocada a integrar os serviços gerais, que nada mais eram, na realidade, que serviços de manutenção e limpeza. A América Latina era posta de lado nas honrarias do campo de batalha, e Margot passava seus dias esvaziando os banheiros, trocando lençóis dos recrutas, descascando cenouras e removendo os olhinhos das batatas. Assim se iniciou no jargão e na atitude dos pilotos bombardeiros e nos caprichos dos coronéis. Acabou conseguindo mudar de função e trabalhou por um tempo numa fábrica de munições, onde verificava as armas dos Spitfire – onze horas por dia, sem folga. Depois, foi transferida para o setor de lavagem dos cilindros, onde esfregava as peças com potássio, num momento da guerra em que os latino-americanos começaram a se tornar mais numerosos nas fileiras da RAF. Quando esse contingente cresceu ainda mais, as autoridades decidiram criar uma South American House.

Assim que seu inglês foi suficiente para assistir aos cursos Margot fez questão de cumprir as cento e quarenta horas de voo como *drogue operator*[5], necessárias para obter o direto de pilotar. Ela demonstrou que sabia calcular as posições e as distâncias, fazer estimativas de navegação, avaliar as rotas ortodrômicas. Logo, a nomearam para o departamento auxiliar de transportes, não com a intenção de preservá-la dos perigos, mas das glórias de uma luta que já se anunciava como lendária. Não permitiram que voasse a não ser para conduzir aviões de um ponto a outro. Foi nessa época que, sobre as ombreiras de seu uniforme, ela costurou, ao mesmo tempo que Ilario, a bandeira do Chile.

Assim, Margot passaria dois anos realizando a transferência segura, entre diferentes aeroportos, de aparelhos destinados aos pilotos combatentes. Ao fazer seu primeiro trajeto no espaço aéreo britânico, percebeu que, ali, o céu era menos puro que o do Chile, as estrelas, menos risonhas,

---

[5] Piloto responsável por operar o "drogue", conexão que possibilita o reabastecimento de aeronaves em pleno voo. [N.T.]

o horizonte, menos límpido, e reparou que nuvens negras sempre se amontoavam sobre as cidades, como ovelhas em torno de um pastor. Ela, que só havia entrado até então em aviões de escola, com motores inofensivos e claudicantes, estava agora a bordo de máquinas de guerra, firmes e potentes, concebidas para a destruição, cujas fuselagens mostravam com frequência marcas de impactos. Tudo era prático e leve, inclusive a coronha da metralhadora, imensa e lisa, um mastro sólido, medonho, cravado no centro da cabine.

Todos os dias, às seis da manhã, Margot se dirigia às zonas de estacionamento e dava partida em motores enregelados pela noite, produzindo um bramido rouco. Ela descobriu como usar goma de mascar para desentupir os ouvidos, aprendeu a linguagem das mensagens meteorológicas e compreendeu que era preciso subir até quatro mil pés para evitar a constante neblina inglesa. Com a bandeira chilena costurada sobre os ombros, levava com ela apenas um bote salva-vidas, víveres para três dias e uma garrafa térmica de café, para evitar sobrecargas. Chegava ao ponto de lixar as palmilhas e cortar as margens dos mapas, compensando o peso de suas peles e lãs.

Assim, talvez por ser uma das únicas mulheres num ofício só de homens, tornou-se ainda mais desobediente ao medo, esse estranho sentimento, e acatou uma existência submetida ao acaso, superando a coragem de outros aviadores. Às vezes, em pleno céu, sem autorização para atirar, ela se permitia acariciar a corona da metralhadora como um objeto proibido, e seus músculos se tensionavam. Ao ver sua figura e seus ombros inflexíveis na cabine, o corpo ereto, as mãos atadas aos comandos, era possível adivinhar nessa mulher um grande poder. O cansaço a bordo parecia não a atingir. Voava sete dias por semana, nove a dez horas por jornada, dormindo apenas alguns minutos entre cada rota. Sobre as nuvens, tinha a paciência dos condores, que, com a cabeça baixa, aguardam que a presa congele.

Nessa época, Ilario Danovsky aprendeu a pilotar aviões mais traiçoeiros e compreendeu, aos poucos, que seu sucesso militar dependia de determinação e valentia. Não tinha o mesmo gosto ardente pela aventura e pelo perigo que mobilizava Margot, mas essa diferença só fez enriquecer seu aprendizado. Aquela equipe de dois, aquela cumplicidade chilena, ostentava o encanto da camaradagem, que é ao mesmo tempo liberdade e clausura.

Juntos, os dois tinham o vulto de um esquadrão. Assumiram a mesma expressão, o mesmo sangue, a mesma ira. Enquanto outros atacavam barragens e bombardeavam centros de pesquisa, eles carregavam os aviões com os materiais. Não participavam diretamente dos combates, mas repatriavam os cadáveres embalados em capas de náilon. Sem jamais disparar uma bala, distribuíam peças de artilharia a todos os pelotões. Criaram uma espécie de pantomima entre si. Ao cansaço de um respondia a resistência do outro, e seus gestos eram naturalmente tão bem articulados que muitos achavam que aquela dupla ensaiava antes de voar.

Um dia, perto das falésias francesas, eles sobrevoaram uma pequena escola de pilotagem a baixa altitude. No espaço de um instante, Margot recordou e reviveu a experiência que tivera em seu clube de aviação chileno. Reencontrou ali os mesmos armazéns, as mesmas barracas de lona ondulada, as pistas nuas. Mas só precisou de alguns segundos para sair desse estado de graça e perceber, estarrecida, que aquela base havia sido capturada pelos alemães. O espetáculo que testemunhava congelou seu sangue. Sobre o terreno central, distinguiu uma longa fila de Messerschmitts ocupando a esplanada em colunas cerradas, barrando a passagem para o interior. Como o monoplano de Ilario não estava longe do seu, fez sinal para que ele se afastasse. Ilario levantou a cabeça e hesitou. Acabava de ver surgirem das nuvens, como centelhas negras, três caças alemães, que os interceptaram.

Ilario tomou a direção da Inglaterra e avançou mar adentro. Rapidamente, ficou fora de perigo. Num reflexo, Margot tentou fazer meia-volta para escapar também, mas descobriu atrás dela um Fokker que apontava suas metralhadoras e começava a atirar. Durante um longo minuto ela não encontrou nenhuma saída. Mas, preservada por uma força intuitiva, desviou o nariz do avião para o alto, ganhou altitude e acelerou fundo. Dois Messerschmitts rugiram em seu encalço. Eles rompiam as nuvens cinzentas e, colados na sua retaguarda, atiravam às cegas. Eram cinco, talvez seis, disparando rajadas secas, procurando formações para impedir sua passagem, perseguindo-a como a uma presa. Margot esticou os dois pés sobre os pedais do leme, manteve firmes as mãos no comando e, com uma série de movimentos virtuosos, conseguiu evitar o impacto das balas. Subiu mais alto, pensando em despistá-los, e mais alto ainda, como uma águia ardente, mas os caças a seguiam tão de perto que era possível sentir o sopro de suas hélices.

Numa última tentativa, Margot fez um *looping*, como nos tempos de acrobacias na escola, e mergulhou na direção do mar. O avião sacudia de todos os lados, solto como uma folha seca, girando sobre o próprio eixo, precedido por massas flamejantes que escapavam das asas. As nuvens se dissiparam e ela se encontrou de novo alinhada à costa, onde reconheceu de longe a escola de aviação e os Messerschmitts enfileirados.

Os caças estavam tão próximos que ela concluiu que tudo estava perdido. Acossada, vendo o solo se aproximar, já era impossível se libertar. Foi quando avistou, do nada, o avião de Ilario. Ele estava de volta. Tomado por um gesto de bravura, tinha decidido retornar à batalha assim que se viu fora de perigo. Margot notou que ele avançava na direção da pista da escola e o viu, em pleno voo, abrir a cabine, acionar seu assento ejetável e atirar seu avião, como uma bomba, sobre o conjunto alemão. A explosão foi tão impactante que os caças que seguiam Margot desviaram dela e, numa reviravolta, partiram ao socorro dos seus.

Colunas de fogo subiram até mil pés. No meio da fumaça Margot conseguiu enxergar, atado ao paraquedas, Ilario caindo lentamente na direção de um grupo de soldados alemães, salvos das chamas, que o esperavam no solo. Ela teve que assistir, impotente, à sua queda. Ilario tentou puxar a pistola para não entregar seu corpo vivo ao inimigo. Mas estava desarmado. Procurou orientar seu paraquedas rumo a uma falésia de giz, com seus mirantes empedrados, mas as correias se misturavam e ele não conseguia mudar a trajetória. Os alemães aguardavam, os rostos apontados para o céu. Ilario soltou um grito que rasgou as nuvens e chegou até Margot. Ela imaginou que fosse de desespero. Encontrava-se naquele instante diante do dilema que seu pai, Lazare Lonsonier, vivera na guerra: deveria cometer um crime ou um ato de covardia?

Sozinha em seu *cockpit*, obrigada a tomar uma decisão, ela se sentiu estrangulada por soluços que não vinham à tona. A contragosto, girou seus canhões contra Ilario. Com as mãos trêmulas, fechou o punho sobre o *manche*, que se contraiu como uma goma, e pôs o dedo no gatilho, prestes a abater o único homem que amava como a um irmão. Ia disparar quando, sob o paraquedas, Ilario girou seu perfil gorducho e sorriu para ela. Tudo pareceu se resolver numa fração de segundo. Num último gesto, ele fez um sinal para que ela partisse, para que se salvasse, sem levar consigo esse crime. A guerra não deveria vencer os homens. Ele levantou o punho, alto para o céu, e, enquanto descia para a morte, acariciou a bandeira chilena que eles tinham costurado juntos sobre os ombros.

Helmut Drichmann

No dia em que Lazare Lonsonier o encontrou pela segunda vez, Helmut Drichmann já estava morto havia trinta anos. Os que testemunharam esse instante recordam que eram duas horas da tarde quando o soldado alemão apareceu na casa, de um modo que ninguém soube explicar, pois a porta estava fechada e os ferrolhos das janelas, trancados. Ele atravessou a entrada com facilidade e postou-se diante de Lazare, que, sentado, lendo, o reconheceu na hora. Tinha guardada em si a imagem de um jovem touro, loiro, o rosto coberto de lama de camuflagem, e não se surpreendeu ao vê-lo exatamente como o havia deixado no campo de batalha da Primeira Guerra Mundial, com seus dezoito anos, seu porte olímpico, sua cabeça quadrada e a alvura dos cabelos espetados, fiel àquele retrato que forjara em seu íntimo. Compreendeu, bruscamente, que era chegada a hora de enfrentar esse fantasma que vinha habitando seus sonhos desde que retornara do *front*, esse soldado ao mesmo tempo inimigo e irmão, o único homem na Terra que conhecia seu segredo.

– É o pulmáo, náo é? – perguntou Lazare, com a voz sufocada.

O soldado respondeu com um sorriso gentil.

– É o pulmáo. Você ainda tem um mês.

Helmut Drichmann desembarcava do outro mundo em uniforme de exército, uma calça de lona com uma dobra vertical marcada a ferro e uma antiga insígnia Totenkopf, em metal, representando a cabeça de um morto, cravada pelos hussardos em sua lapela. Tinha como única bagagem um balde vazio de latáo, que balançava tristemente na dobra do cotovelo. Era sem dúvida um dos homens mais bonitos com que jamais se cruzou na Rua Santo Domingo. A delicadeza de seu corpo adolescente contrastava com a silhueta de Lazare, hoje mais gorda e macilenta, envelhecida por trinta anos de noites tensas, ilusóes extraviadas e desejos sombrios. Seus traços simétricos, os olhos ardentes e profundos, seu nariz aquilino davam-lhe a aparência náo de um espectro nebuloso e azulado, daqueles que perturbam a paz dos vivos, mas de um jovem equilibrado, calmo e resoluto.

Quando Thérèse surgiu no saláo, trazendo sementes de gergelim e bagos de milho, ficou táo surpresa por encontrar em casa um desconhecido que as sacolas caíram de suas máos, despejando todo o conteúdo no tapete. Helmut Drichmann se pôs de joelhos e, com uma paciência delicada que Thérèse náo via desde o adestramento de aves no Río Clarillo, recolheu os gráos e os colocou, com apuro, em seu balde. Sob o olhar espantado de Lazare, ele se levantou e saiu para o jardim, na direçáo do viveiro. Pela janela, os dois o viram passar os braços entre os losangos das grades para alimentar os diamantes-mandarins que, apesar de náo terem o hábito de receber visitas, desceram para comer diretamente de sua máo.

– Quem é esse rapaz? – perguntou Thérèse, perplexa.
Lazare apressou-se em mentir:

– O filho de um amigo do Sul.

– E por que está vestido de soldado alemão?

– Acho que não é bom da cabeça.

Durante trinta dias, a todas as pessoas que passaram pela casa de Santo Domingo, eles contaram que o jovem era o filho mais velho de um enigmático amigo que Lazare conhecera em tempos idos, nos domínios de Cajón del Maipo, durante sua viagem com os indígenas que vendiam joias de prata. Ninguém perguntava mais nada e, depois de uma semana, todos se acostumaram com a presença do intruso, que, segundo diziam, era com certeza traumatizado por uma antiga guerra e, sem incomodar ninguém, com um encanto ingênuo, observava o mundo como se tivesse acordado após uma longa noite de sono.

Foi assim que um morto passou a fazer parte da família Lonsonier. Um mês depois, deixaria um rastro grandioso e terrível. Mas sua chegada, em maio, foi um sopro de ar puro e relaxou as tensões que a ausência de Margot criava. Ele aparecia todas as manhãs, com uma assiduidade militar, não se sabia de onde, sem fazer nenhum ruído ao entrar. Comia pouco e mirava o viveiro com uma curiosidade cândida. Não era um fantasma que deambula, esconde-se nos buquês de camélias, esgueira-se igual a um gnomo fugitivo e perverso sob os lençóis, e sim uma criatura sedutora e pacífica que sempre pedia licença antes de se retirar. Seu uniforme, apesar de velho, não tinha o cheiro desagradável das velharias. Quando lhe faziam uma pergunta, ele dizia que não tinha passado, nem aspirações futuras, e frequentemente suas respostas se limitavam a sorrisos pueris, acompanhados de um ligeiro movimento de ombros, como se a morte o tivesse proibido de falar dos assuntos da vida. Às vezes, pelas portas da cozinha que porventura tivessem ficado abertas, os criados o espreitavam enrubescidos, fascinados pela beleza serena daquele príncipe calmo e vigoroso, cuja nobre figura conferia à casa uma elegância germânica.

Lazare logo se afeiçoou a ele. Sempre soubera que a morte viria se anunciar por intermédio desse jovem soldado. Sua presença o acompanhara por tanto tempo, e de uma forma tão pontual, que uma espécie de laço de cortesia se criara entre eles. Mas a partir do dia em que começou a enxergá-lo, uma força invisível e subterrânea se ativou. Assim, a algumas semanas de seu fim, Lazare se sentia jovem como nunca. A certeza de que sua hora havia chegado lhe dava uma estranha vitalidade, que o tornava impermeável à infelicidade. Desde então, passou a se dedicar com uma devoção voraz a seus negócios inacabados, feliz de saber que morreria muitos anos mais cedo que o normal.

– Que alívio – pensou. – Todo mundo deveria conhecer a data da própria morte.

Aos cinquenta e um anos, mostrava uma robustez invejável e uma elegância proverbial: só usava mocassins em couro de vitelo, uma jaqueta em *tweed* quadriculado, um perfume à moda inglesa e óleos para a barba, a fim de recuperar a jovialidade que lhe escapava. Uma ligeira artrose o obrigava a ir e vir com auxílio de uma bengala com bico de pombo e a ter sempre no bolso um colírio. Mas o ardor disciplinado que dedicava ao trabalho o fazia conservar aquela atitude de imperceptível rebelião que se constata nas pessoas que não querem envelhecer. Escreveu seu testamento em francês, numa linguagem rebuscada e totalmente fora de uso, e deixou a administração da loja a cargo de Hector Bracamonte, que, ao se lembrar de como entrara ali, teve a impressão de que roubava algo pela segunda vez.

Thérèse estava, então, no apogeu de sua graça. Aos quarenta e quatro anos, seu ar da Occitânia, enamorado e acolhedor, despertava nos outros um calor manso. Apesar da expressão terna de flor caída, pertencia àquela categoria de mulheres que, pela arquitetura dos traços, pela justeza de formas, continuam, para lá do tempo, leais à juventude.

No entanto, uma angústia perene habitava seu corpo. Havia meses não recebia qualquer notícia de Margot e esperava o armistício com uma impaciência surda. Depois de uma vida de luzes e de sombras, tinha se resignado ao fato de que seu século seria belicoso, mas não era capaz de se conciliar com a ideia de que não reencontraria sua única criança. Enquanto esperava, perfumava de magnólias o quarto de Margot, trocava regularmente os lençóis de sua cama, removia a poeira dos livros de aviação que ainda descansavam na estante e queimava círios azuis para apressar seu retorno. Ela não tinha um único instante de paz e precisou aceitar que só a presença espectral de Helmut Drichmann era capaz de arrancá-la de seus tormentos. A profunda solidão com a qual o homem ia e vinha entre o salão e o viveiro, o estranho modo que tinha de olhar a água que corria do pequeno bebedouro, a procura silenciosa de minúsculos grãos de milho nos nichos a faziam crer que ele era um jovem ornitólogo, com quem partilhava as mesmas paixões.

– Ele tem alma de pássaro, como eu – disse um dia a Lazare.

Thérèse ficou tão tocada por aquele rapaz chegado do céu que polvilhou o jardim de recipientes cheios de uma mistura de pinhão para pombas, de cereais e de papinha de ovos, para que pudesse, ele mesmo, oferecê-los em suas palmas abertas através das grades entrelaçadas. Quando um dia o viu obrigado a forçar o braço até torcê-lo para alimentar os pardais mais afastados, resolveu abrir-lhe a porta do viveiro.

– Você pode ficar lá dentro, se quiser.

Helmut Drichmann foi até o pequeno bebedouro e, inclinando seu balde de latão, encheu-o de água. E assim se instalou de vez no viveiro, irrigando e hidratando a trincheira de sua memória, até aquela manhã em que a paz foi declarada na Europa. Quando, então, Margot voltou.

Em junho, a filha apareceu no jardim. Estava velha como uma pedra, cinzenta e enrugada, a pele vertida num manto de estrelas extintas, com uma torção no pescoço que persistira nos últimos quatro anos. Foi uma ruína de mulher que Thérèse avistou à porta da casa de Santo Domingo, quando escavava um canteiro no quintal. Horrorizou-se ao ver aquela moça com olheiras azuis, lábios cadavéricos, faces pálidas e nervosas. Ela a imaginara caída dos céus em alguma parte do Canal da Mancha. Agora adivinhava, nos traços esgotados, de auréolas negras, os anos de sono espremida em nichos apertados e toda a humilhação que precisou superar.

– *Cristo santo!* – exclamou. – O que foi que o mundo fez de você?

Até sua morte, Margot guardaria uma lembrança vaga desse retorno. Mas recordaria com nitidez absoluta o momento em que Helmut Drichmann, sentado no meio do viveiro, desembarcou em sua vida. Ao distingui-lo entre as barras do gradeado, ela atravessou o jardim. Não percebeu sua tristeza, nem sua confusão, nem sua solidão, apenas a marca Totenkopf na lapela, que a levou de volta aos horrores da guerra.

– *Pucha!* Nós estamos abrigando um alemão?

Helmut Drichmann levantou-se educadamente, e ela constatou que o homem era uma cabeça mais alto que ela. No espaço de um instante, a cólera a dominou e Margot desejou espancá-lo e chamá-lo de nazista, mas controlou-se, manteve-se muda, e esse mutismo a acompanhou durante os nove meses que se seguiram, até o dia em que dirigiu a palavra a ele para dizer o nome que tinha escolhido para seu filho.

Por mais que tentasse reencontrar uma existência normal, Margot nunca conseguiria pensar de novo na Inglaterra sem que lhe viesse a lembrança de Ilario. Cenas confusas, nas quais se misturavam os anos de lutas e de alegrias em comum, debatiam-se em sua cabeça, e ela cultivava a esperança quimérica de que um mensageiro desconhecido viesse trazer a prodigiosa notícia de que ele estava vivo. Em Santiago, trabalhou por um tempo com pilotos. Mas o talento que demonstrara antes se reduzia agora a pequenas exibições, propagandas, bandeirolas amarradas nas traseiras dos aviões ou jatos de prospectos que obstruíam as ruas com um oceano de papel. Essa volta às coisas ordinárias, à calma, às distrações de uma cidade como Santiago, era de uma natureza tão rasa que ela foi dominada por uma vertigem confusa, contra a qual as atenções familiares mais generosas falhavam. Só Lazare compreendia o que ela vivenciava, por tê-lo vivido ele mesmo trinta anos antes. E foi ele que sugeriu, timidamente:

– Não é de um avião que você precisa. É de um homem.

Pouquíssimos dias passaram desde seu retorno ao Chile para que outro rapaz tomasse o lugar que Ilario Danovsky ocupara por tanto tempo. Se fechava os olhos, ela ouvia ainda o eco sibilante dos aviões de caça e podia vê-lo cair nas garras dos alemães, penteado como um rei em seu paraquedas, tocando com a mão a bandeira que eles um dia costuraram, juntos, sobre as ombreiras. Essa recordação, longamente remoída, levou-a a conceber o projeto de consertar seu antigo avião, cuja carcaça, apodrecida e abandonada, tinha o aspecto de um barco no fundo do mar. Então, com paciência e disciplina, ela se fechou numa nova rotina de operária, beneficiando-se dos ensinamentos da guerra. Trabalhava lentamente, o que levava a crer que desfazia à noite o labor do dia, não para apagar a memória de Ilario Danovsky, mas para fazê-la renascer. Às vezes, ao observá-la do balcão, Thérèse cogitava, em desespero:

– Não ter sofrido um acidente foi seu pior acidente...

Margot não soube jamais até que ponto queria levar a empreitada, mas todo aquele ruído de ferramentas acabou por atrair a atenção de Helmut Drichmann. Ela se deu conta de que o alemão a olhava como um animal intimidado, com uma discreta solicitude, de dentro do viveiro do outro lado do jardim, fascinado tanto por ela quanto por esse novo pássaro metálico. Margot perdia a concentração no trabalho quando o espaço se enchia do cheiro conhecido da lama, das velhas botas e da chuva, e ela sabia então que Helmut Drichmann passava por perto, mudo, inexpressivo, como uma sombra em fuga, com seu balde no braço.

Um mês se passou. Na noite da morte de Lazare, todos jantaram um *coq au vin* que Thérèse havia cozinhado. No fim da refeição, Margot se recolheu sorrateiramente ao seu quarto e meteu-se sob a colcha. Adormeceu logo, mas, depois de poucos minutos, um som de cliques a despertou. Não entendeu de imediato que o som vinha do jardim e, quando se debruçou à janela, distinguiu, entre as folhas das árvores e a penumbra da noite, um brilho tímido lá no fundo. Bem mais tarde, quando revisitasse essa noite, ela não saberia dizer o que a fizera abrir as persianas, como na infância, quando ia sonhar em cima do telhado, e sair descalça para o jardim adormecido, na ponta dos pés, vestindo uma camisola de percal.

A casa estava silenciosa. As luzes, apagadas. A brisa embalava os penduricalhos das gaiolas e as folhas da horta. O viveiro estava calmo, atravessado por cordinhas coloridas sobre as quais os pássaros dormiam. Os rouxinóis tinham feito ninhos nas casinhas, e os calafates, vestidos como príncipes, afiavam os bicos nas grades. Tudo estava banhado por uma luz azul, e Margot teve a impressão de presenciar um instante único, a ponto de calar seus passos para contemplar toda a beleza daquele quadro cujos elementos atingiam, naquele minuto suspenso, uma estranha perfeição.

Dentro do seu avião, ela distinguiu uma silhueta emoldurada pelo vidro da cabine e, depois, a cabeça de Helmut Drichmann, embutida nos manetes, tratando de consertar o painel de bordo. Ele parecia mais pálido que o normal, diáfano e transparente, como se aos poucos desaparecesse junto com seus olhos brilhantes, suas finas sobrancelhas brancas e sua testa de marfim. Então ela escutou a voz, fina e melancólica, que parecia vir de outro tempo:

– Eu sei por que esse avião nunca decolou.

Helmut Drichmann lhe pareceu, primeiro, incoerente, nada mais que um fantasma que viera errar por aquele canto perdido da Terra; mas depois de sondá-lo melhor, viu que uma transformação delicada tinha se operado em seu perfil. Ele tirou seu casaco drapeado e arregaçou as mangas da camisa de lã. Ela quis recuar, mas ele se inclinou em sua direção e a beijou.

Margot teve a sensação de que seus lábios tateavam a pele de uma enorme serpente. Sentiu uma onda de frio que paralisou suas artérias, e, quando ele a apertou contra a cintura, foi como se tivesse sido capturada por um bloco de gelo. Apesar disso, soltou o próprio corpo, deixou cair a cabeça para trás, afastou as coxas e se agarrou às asas do avião. Teve que segurar forte e tapar a boca com a mão para não acordar toda a vizinhança quando um vigor espesso a atravessou igual a uma lança e dobrou-a sobre si como se fosse quebrá-la em duas partes. Ela renunciou a combater aquele prazer feroz, no furor metálico do momento, olhando Helmut Drichmann com uma expressão ao mesmo tempo de desafio e de obediência.

Eles fizeram amor uma única vez, mas Margot teve a curiosa sensação de que, apesar de habilidoso, aquela era a experiência inaugural de Helmut. Ela restituía ao soldado do além, morto precocemente, o que, em vida, lhe fora negado. Foi um prazer nebuloso cuja perfeita plenitude era marcada pelo voo inclemente dos pássaros no viveiro e o odor seco de graxa. A paixão vergonhosa que Margot sentiu por Helmut Drichmann foi provavelmente a emoção mais onírica de toda a sua vida, até mais intensa que seu voo sobre a escola de aviação; e meio século depois, ela continuaria evocando o momento nas suas noites solitárias.

Enquanto Margot vivia essa primeira noite de amor, Lazare desfrutava de sua última. Durante todo o dia ele fingiu naturalidade, trabalhou com a habitual disciplina, e ninguém notou em sua atitude o presságio de um fim agendado. Ele suportou tudo com uma serenidade desconcertante, como quem se prepara para receber um prêmio. Naquela noite, arrumou as coisas em sua "capela", classificou as faturas e, antes de sair, apagou as luzes da oficina com um gesto lento e nostálgico, aspirando, pela última vez, o cheiro da farinha. Teve um ligeiro tremor, mas quase imediatamente foi tomado por uma intensa onda de alívio, de libertação, como se estivesse à espera desse dia desde que nascera.

No quarto, encontrou Thérèse nua, deitada na banheira, flutuando na água como uma sereia. A seus olhos, ela estava tão resplandecente quanto na noite de núpcias, quando se amaram pela primeira vez envoltos no perfume de flores de mirtilo e coentro. Agora, nada de vestido de noiva, nada de âmbar de melado, nada de artifícios: haviam chegado a uma idade em que, para fazer amor, se demanda uma simplicidade outonal. Ali havia uma mulher de corpo frágil como os pés de um pássaro, que perdera a firmeza dos quadris, a curva de suas nádegas, e que o fitava com uma dolorosa confiança. Uma nova nudez se desenhava. Ele se juntou a ela na água morna, até que todas as lembranças viessem à superfície, e a beijou com leveza, para não abalar o delicado equilíbrio que sua presença instalava. Sabendo-se já morto, sem mesmo se preocupar em adverti-la das tristezas vindouras, Lazare teve a sensação inconfessável de só ter compreendido sua mulher quando já era tarde. E foi com o corpo apertado ao dela, sem drama, o casal unido num abraço molhado, que ele murmurou uma última frase, que ela jamais compreenderia:

– Eu matei Helmut Drichmann.

No dia seguinte, quando Thérèse se levantou, Lazare não respirava mais. Ela permaneceu um momento em seus braços frios, de frente para sua face imóvel, e nos olhos vazios dele percebeu um brilho congelado, voltado para um poço estranho, distante, medonho.

Às quinze horas, perfumaram o corpo com essência de mirra. Thérèse, com gestos doces e lentos, cheios de uma ternura dilacerada, passou seu terno listrado, cuja lapela ele gostava de ornar com uma flor de valeriana colhida no mesmo dia, e aplicou-lhe um óleo aromático na barba com mais delicadeza que ele mesmo. Surpreendeu-a vê-lo tão magro, tão murcho, como se a morte tivesse levado consigo um pedaço do seu corpo. Na noite de ontem ainda, na banheira, ela havia tomado em seus braços um homem vigoroso, potente, e agora aí estava ele, uma pedra seca e escavada, as costas de ossos salientes, um peito coberto de cicatrizes roxas e feias. O corpo de Lazare, após cinquenta e um anos de ambições e de revoltas, de vida em comum e de dores estéreis, trazia a marca de um longo combate ao qual ele se lançara a plenos pulmões. Thérèse passou um pouco mais de brilhantina nos cabelos, que penteou para trás, descobrindo sua testa marmórea, ligeiramente esverdeada. Pôs em seus lugares as seis almofadas bordadas que sustentavam sua cabeça e lhe deu um beijo derradeiro, meio desbotado pelos atrasos do amor. Ao vê-lo assim, agora vestido, elegante, como para um casamento, o perfume de mirra, cujo vapor soprava forte, os braços cruzados sobre o ventre, o terno alinhado, ele pareceu mais belo que o homem que ela conheceu.

– Mesmo a morte fica bem em você – sussurrou.

O corpo foi velado no quarto do casal, transformado num tipo de nicho gótico, com leves cortinas de gaze de cores sombrias, cobertas por panos de estame, e as velas foram dispostas nos gaveteiros ao lado da cama como num altar de cera. No dia seguinte, sob uma chuva fina, o cortejo atravessou em passo silencioso a Rua Santo Domingo, com sua dupla fileira de álamos e de postes de luz, onde Margot havia tentado um dia decolar em seu avião e onde agora alguns passantes, reconhecendo-a ao saírem de seus pórticos, tiravam seus chapéus em sinal de respeito. Ela ficou silenciosa ao longo de toda a cerimônia, os olhos injetados e o rosto lívido. Não podia crer que no espaço de um mês tinha visto sumirem os dois homens mais importantes de sua vida e entregado sua virtude a um terceiro. Decidiu esconder a história que tivera com Helmut Drichmann, da mesma forma como seu pai silenciara por trinta anos sobre a cena do poço de água. Mas a mudez, agora, lançava-a de volta à solidão. Não conseguiu dormir bem nas duas primeiras semanas, acordando sem parar com o coração assaltado por um odor de vinha.

Sua menstruação atrasou. E quando compreendeu que estava grávida, Margot pensou imediatamente em Helmut Drichmann com uma ternura amarga e começou a contar os dias nos dedos. Órfã e mãe de uma só vez, foi invadida por emoções contrárias. Aquele soldado alemão havia matado seu pai e lhe deixava um filho. Esse paradoxo a assustou. E quando a barriga começou a ser notada na vizinhança, como não se conhecia, dela, nenhum homem, correu o rumor de que tinha sido fecundada pela guerra.

Ao fim do segundo mês, Margot adotou um pacifismo radical que a fez fugir dos banquetes de aviadores e dos jantares de ex-combatentes. Seu pendor original para o silêncio e o isolamento ficou ainda mais acentuado, e veio-lhe o pensamento de que sua existência não era destinada ao céu, à luta aérea ou aos serviços postais. Deixou definitivamente os terrenos de aviação, passou a não suportar o cheiro de óleo de rícino, fugiu do som de hélices, proibiu que se utilizasse em sua presença palavras como *aterrissagem* ou *cabine*, e foi quase com uma alegria dissimulada, uma felicidade infame, que deixou se perder, de uma vez, sua vocação de pilota.

Em pouco tempo, substituiu as ausências de Lazare e de Ilario Danovsky pelo perfil obreiro de Hector Bracamonte. Ele ficara no comando da fábrica e agora, aos trinta anos, conservava seu ar de camponês laborioso, de ferreiro casmurro, de pele bronzeada, cuja experiência e confiança em si mesmo fortaleciam sua lealdade. Quis deixar crescer o bigode, seguindo assim a mitologia patronal que Lazare instaurara, mas, desprovido de pelos, teve que se conformar com uma sombra fina e suja. Esforçou-se para compensar a carência de bigode com uma rigidez na voz e um sentido de autoridade que o deixavam mais maduro e mais altivo. Era severo por fora, de poucas palavras, mas exercia sua nova atividade como um missionário, devotado e atencioso. Observando-o no comando de uma empresa que continuava a se expandir, cumprindo seu papel com retidão e equidade, raros foram os que pressentiram que o veriam um dia no chão, encolhido, sob chutes, arrastado como um cão, oferecendo sua vida por uma outra.

Seu empenho foi exemplar. Ele não deixou a empresa perder o passo. Incentivou seus antigos colegas a produzirem mais, atento às artimanhas da preguiça. Seu olho experiente, que via todos os defeitos, surpreendia a menor ociosidade e não admitia que se abandonasse o imperativo da disciplina. Ele mantinha com os empregados um elo ao mesmo tempo amigável e rigoroso. Desejava revelar àqueles homens, cujas falhas e grandezas conhecia, aquilo que eles mesmos não supunham sobre suas capacidades. Mas com o tempo foi notando uma crescente mudança de atitude em relação a ele. Desde os seus dezoito anos, quando chegara à fábrica, vivera entre trabalhadores rudes e teimosos, para os quais se rebelar contra a autoridade era um código familiar. Após a morte de Lazare, eles reivindicaram uma melhoria de suas condições de trabalho, da higiene dos banheiros, das goteiras, e um intervalo maior para o almoço. Agora, aos olhos deles, Hector não era mais um simples peão numa longa corrente, mas o patrão severo, intransigente, que deviam temer. Essa brusca coroação trouxe desconfiança, e ele lutou contra a mudança de atmosfera com uma energia feroz. Mas logo ficou evidente que se opor à agitação era uma batalha perdida antecipadamente.

Decidiram votar uma greve. O motor dos amassadores parou, os rolos à bomba esfriaram e as encomendas de trinta caminhões de sacos de farinha não foram entregues. A fábrica de hóstias mergulhou num silêncio de catedral. Uma outra vertente se revoltou. Os empregados mais jovens, recentemente contratados, vestidos em camisas vermelhas e capacetes com uma estrela, exigiram reformas e suspenderam todas as atividades em sinal de descontentamento. Brandiram e sopraram apitos e buzinas, bateram panelas velhas, tocaram sinos de vaca e chegaram a fabricar um pandeiro, às pressas, usando uma embalagem de queijo e dois cabos amarrados. O alarido da greve provocou tamanha confusão que Margot sentiu-se obrigada a sair do quarto. Ao chegar ao saguão da oficina, viu que as máquinas estavam paradas. Os homens mantinham os braços cruzados, e os mais revoltados, com os rostos rubros de cólera, ameaçavam Hector Bracamonte com a intenção de levantar barricadas com sacos de terra e de bloquear as portas e as janelas até transformar a fábrica num forte medieval.

Grávida de oito meses e três semanas, Margot assistiu à calorosa assembleia sem realmente participar dos debates. Os assovios e os rufares abafavam as palavras, os operários levantavam os braços, trovejavam insultos contra Hector. De repente, no meio da convulsão, ela escutou um mugido cavernoso, profundo, vindo das entranhas da terra. Pensou, primeiro, ser uma palavra de ordem que atravessava a fábrica, mas logo compreendeu que o urro vinha de seu próprio ventre e que o bebê, despertado pelos clamores dos operários, empurrando as paredes onde se confinava, anunciava sua chegada ao mundo.

O clima de greve proletária transformou-se, de um segundo ao outro, num empurra-empurra de homens que mais pareciam um bando de parteiras. Os empregados acorriam, apressados em arrumar com urgência um carro para Margot e abrir espaço seguro para a passagem de Thérèse, que, do salão da casa, anexo à fábrica, ouvira o alarme do bebê. Pediram a um dos homens, um gigante originário da costa chilena, que carregasse Margot nos braços, pois os líquidos amarelados começavam já a escorrer entre suas pernas e a molhar o chão. Mais tarde, ela se lembraria de ter chegado à emergência do hospital aos urros, o vestido já desabotoado, o peito coberto de placas vermelhas, socando as paredes como uma desesperada, a barriga modelada por corcovas e vales. Apesar de seu espírito aventureiro, no momento de se deitar ela estava encolhida como uma castanha. As parteiras vieram às pressas com suas bacias e panos. Quando Margot começou a empurrar, seus olhos se encheram de lágrimas, e ouviu-se desde os corredores os ossos de seus quadris se desencaixarem em ruidosos estrépitos, como se um carvalho fosse desenraizado. O bebê rasgou suas entranhas e desferiu chutes, impaciente para viver, agitando-se com tanta força para sair que passou pela cabeça de Margot a ideia de estar parindo um boi.

A criança nasceu ao contrário, as nádegas primeiro, depois as pernas ao longo do torso, os pés grudados nas orelhas.

Puseram o recém-nascido sobre o peito da mãe. Nua, coberta de suor, ofegante e esgotada, Margot apertou contra os seios a criatura lilás, banhada de sangue, os cabelos colados ao crânio, e cujos pequenos punhos tateavam o vazio como se quisesse estrangulá-lo. Mesmo enfezado, miúdo, com o aspecto de um horrível toco de carne, o bebê já tinha os olhos bem abertos e estudava as coisas com uma curiosidade inquietante, que fez Margot pensar na sua insólita paternidade. A criança foi examinada e encontraram uma mancha na altura do joelho direito, típica dos seres insubmissos.

– Essa criança não se ajoelhará diante de ninguém – ela profetizou.

O bebê foi inscrito no registro civil chileno, mas também no consulado, como francês residente no estrangeiro, o que deveria, vinte e sete anos depois, salvar sua vida. Margot renunciou a dar à criança o sobrenome do pai, certa de que sua origem alemã lhe traria desvantagens. Pensou num nome francês, bastante em moda, mas não quis reproduzir o presságio de uma linhagem de desenraizados. Escolheu então o único nome que ainda ecoava em seu coração, simples e poderoso, que lhe chegava com a evidência de uma revelação, e não admitiu nenhuma objeção por parte da família. O menino foi batizado de Ilario, e para diferenciá-lo de Danovsky, ela acrescentou uma contração: Ilario Da.

Hector Bracamonte

No dia do nascimento de Ilario Da, o velho Lonsonier festejava seus noventa e um anos. A despeito do fluxo do tempo, da solidão e da fadiga das colheitas, o homem se recusava a morrer. Enérgico, rijo, jactava-se de ainda poder, certas noites, mergulhar nu nas águas glaciais da lagoa, em visitas desvairadas à sua defunta esposa. Do trono de seus domínios em Santa Carolina, ele observava, com um estoicismo silencioso, os nascimentos e os lutos sucederem-se na família, sem que nada parecesse distraí-lo do fabrico de seus vinhos. Em janeiro, Lonsonier tinha dado um novo ímpeto à sua produção ao pôr em prática uma agricultura menos industrial, inspirada no *savoir-faire* francês do pós-guerra. A ideia era penetrar nos segredos da elaborada alquimia entre o palato e a planta. Para proteger suas terras, ele cercou as vinhas com figueiras, oferecendo aos pássaros frutas sem valor para desviá-los das uvas, e seguiu uma espécie de caderno de especificações que impôs a si mesmo, consistindo em filtrar o mosto e variar o nível de sulfitos. Esse era o seu estado de espírito quando soube que a neta, Margot, dera à luz um menino.

Largou seu vinhedo, sua adega feita de pedras e sua lagoa, subiu num trem levando uma caixa e apareceu no salão de Santo Domingo horas depois, robusto como uma acácia, para dar a seu bisneto sua primeira mamadeira de vinho.

– Esta herança dispensa testamento – declarou.

Ninguém duvidava das origens do bebê. Fisicamente, ele se parecia tanto com Margot que todos tiveram a impressão de que o concebera sozinha. Por outro lado, enquanto ela mesma havia sido uma criança silenciosa e discreta, Ilario Da era barulhento, extravagante e brigão. Um ser tão retumbante que os vizinhos, ao ouvirem seus gritos prolongados invadirem a madrugada com uma vitalidade teatral, acharam que o menino acabaria virando cantor. Mal havia nascido, o corpo encaixado numa cestinha de vime, já apontava mil objetos por minuto, só dormia de olhos abertos e ganhava musculatura tão rápido que aprendeu a andar antes de engatinhar. Todo mundo pensou que esses poderes inauditos, essa certeza e essa força subterrâneas, apontavam, uma a uma, para grandes paixões futuras. Mas Margot foi, talvez, a única a se preocupar, reconhecendo nessa energia sedenta o claro presságio das vidas complexas.

Ilario Da cresceu bem protegido na fábrica de hóstias, que era um mundo fechado, com suas próprias regras e leis, numa época em que Santiago ainda era uma cidade segura, sem delações nem terror. Graças a Hector, a oficina logo se tornou para ele um refúgio sereno. O menino se educou numa nuvem de farinha, sentindo o aroma do trigo que vinha das vasilhas e o vapor da umidade que chegava das prensas. Acostumou seus ouvidos ao ronco das máquinas e aos desaforos dos trabalhadores. Aprendeu a dizer o nome de Hector antes de pronunciar o nome de

Margot. Chamava-o com uma ansiedade ingênua precedida de um suspiro acanhado, sem saber que invocaria seu nome até o último sopro, depois de uma vida de lutas e de tormentos. Só aquele que entrara na família pela porta do delito, depois de navegar por uma longa dinastia de caribenhos e de profetas; só aquele que, da existência, conhecera apenas a hierarquia das usinas; em suma, só Hector, com sua figura salitrosa, tinha a bravura e a dignidade capaz de inspirá-lo até o fim.

Quatro anos após a morte de Lazare, Hector Bracamonte enfim conquistaria o respeito à sua nova posição, depois de transformar a empresa num tipo de cooperativa. Ilario Da, que não tinha nem pai nem avô, projetava nele uma admiração cega. Sob a cúpula gigante da sala principal, ele se enfiava entre os sacos de farinha amontoados no armazém e farejava com força o cheiro de massa molhada. Foi do fundo dessa trincheira que ele ouviu falar de anarquismo como liberdade, do Banco do Povo, da história da resistência indígena *mapuche* e das cavalarias vermelhas. Quando pedia para escutar pela décima vez a história de Santa Maria de Iquique, Hector Bracamonte respondia que era mais proveitoso observar os gestos do trabalho paciente, disciplinado e metódico.

– As maiores lutas são vencidas no mesmo terreno onde se combate – ensinava.

Hector amou essa criança como se fosse sua, mas não deixava transparecer. Os silêncios masculinos substituíam os beijos, as tarefas rotineiras anulavam as indulgências maternais, as exigências do dever afastavam os mimos. Era como se um acordo viril ligasse o operário carrancudo ao bastardo, um bebendo da aridez do outro, ambos já habituados, em cada extremidade da vida, às obrigações do engajamento. Essa afetuosidade proletária, marxista, fez de Ilario Da uma criança inteligente e dura, satisfeita com a rispidez da alma, que fugiria, até o fim de seus dias, dos afagos e das carícias das mulheres.

A ausência de fé foi sua devoção. Ele comia numa tigela, como os biscateiros, legumes cozidos na água, quatro ovos pela manhã e pastéis de *choclo* em quantidades prodigiosas. Aprendeu a suportar o inverno sem se queixar e a recusar privilégios. Aos seis anos, assistiu, nos braços de Margot, a uma marcha de apoio a um jovem candidato socialista, Salvador Allende, que concorria às eleições presidenciais e perdeu a disputa para o general Ibañez. Ilario Da conservou, da marcha por Allende, uma imagem tão profunda que, a partir daquele instante, jamais cederia novamente aos apelos da riqueza e aos gostos do luxo. No contato com os fomentadores das massas, cristalizou-se para sempre em sua personalidade o desprezo pelas hierarquias e a admiração pelas classes oprimidas.

Com nove anos, ele seria igual a qualquer outro menino francês vivendo no Chile se não tivesse aquele segredo, o sangue místico nas veias. Em seus primeiros anos, Margot via nele semelhanças com o rosto pálido e quadrado de Helmut Drichmann, até o dia em que notou o filho brincando no jardim, o torso nu, indiferente aos pássaros do viveiro, e compreendeu de repente que, do pai, ele só tinha herdado o sexo. Uma noite, quando Ilario Da voltava da escola, perguntou à mãe, no caminho para casa:

– Quem é meu pai?

Todos, mesmo as crianças, têm direito à verdade, refletiu Margot. Por isso respondeu, com a maior honestidade:

– Sou eu.

Depois dessa conversa, não se falou mais na filiação de Ilario Da, que, dali em diante, repetia que seu pai e sua mãe eram a mesma pessoa. Sua infância se passou assim, entre assembleias trabalhistas no meio das hóstias e visitas mensais de Aukan, munido de contos e de invenções, que chegava à fabrica buliçoso, rejuvenescido por novas aventuras, banhado de um perfume atordoante de cascas frias, trazendo nos bolsos bombons de ervas, pequenos sacos de milho e pastas de amêndoas. Aquele homem de talentos admiráveis e de palavras radiantes já estava farto de empurrar suas magias aos ignorantes, farto de dilapidar sua arte entre os ladrões de galinhas e de pumas, farto de circular pelos mercados de bruxarias. Decidira se instalar em Santiago, numa pequena casa nos arredores da cidade, e convidava Ilario Da, para abrir os tesouros de sua imaginação num cômodo abarrotado de fardos de pele de vitela que haviam atravessado a Cordilheira nas costas de mulas. Ele evocava um universo onde se erigiam comunidades de mulheres guerreiras, onde gigantes se transformavam em estátuas de madeira e onde meninas nasciam da turfa de florestas de cana incendiadas. Quando Ilario Da lhe perguntou onde ficava esse país das maravilhas, Aukan apontou para a biblioteca atrás dele e exclamou, com mesuras exaltadas:

– Esse país está nos livros.

Foi ele que alfabetizou o menino, primeiro em mapuche, pois se tratava, segundo ele, da gramática básica, depois em espanhol, ao constatar que sua vivacidade de espírito já podia abarcar facilmente, ao mesmo tempo, um idioma antigo e uma língua recente. Ilario Da aprendeu rapidamente a tracejar as letras sem tremer, com uma pluma de ganso virgem e um tinteiro de marfim, e o fazia com uma deferência religiosa. Quando terminou de escrever sua primeira palavra, leu em voz alta, com um gesto declamatório:

– *Revolución.*

Trancou-se em seu quarto para reproduzi-la em grande formato, em todos os tipos de folhas e superfícies, manchando de tinta negra todos os tapetes, preenchendo cadernos e cadernos com essas dez letras proféticas que ainda não tinham, a seus olhos, a glória que assumiriam em breve. Essas páginas, com caracteres exorbitantes e desajeitados, foram guardadas por Margot numa pequena caixa de papelão vermelha que ela guardou na sobreloja da fábrica, numa prateleira da "capela" de Lazare. Duas décadas depois, a ditadura as tiraria do ostracismo.

Aos doze anos, Ilario Da estava tão magro que, quando perdia mais um mísero grama, temiam que desaparecesse. Começou a crescer numa velocidade alarmante, sem que com isso ganhasse peso, e essa magreza antes discreta se tornou, um dia, assustadoramente visível. Aos treze, ele media um metro e sessenta e cinco e pesava quarenta e seis quilos. Era alto e fino como o mapa de seu país. Seus músculos atavam e desatavam nós frágeis, como num caule de cassis, e, apesar de ainda estar mais perto da infância que da idade adulta, Margot julgava que era chegada a hora de apresentá-lo ao bisavô.

Eles partiram para Limache num domingo de setembro, a fim de encontrar *El Maestro*. Mas Étienne Lamarthe não teria tempo de conhecer o bisneto: morreu naquela mesma tarde, agarrado a seu trompete, cercado de seus instrumentos e de vinte estudantes com quem ensaiava uma peça de Bellini nos salões da administração municipal. Já nessa época ele seguia um regime bem frugal, comendo apenas grãos e cenouras, nozes banhadas no mel e peixe cru, e passando seus dias a adaptar libretos e a escutar vinis de óperas célebres. Aquele jovem bronzeado e festivo, de coração aventureiro, que atravessara um oceano carregando trinta e três instrumentos, transformara-se num homem velho de cabelos transparentes e de silhueta espectral, delicadamente curvado pelo hábito de se inclinar em seu púlpito de regente de orquestra, e vítima de fadigas que o faziam parar no meio da rua para se apoiar num poste.

No dia de sua morte, ele regia. Agarrado ao púlpito, a batuta em riste, estava no terceiro movimento da peça quando se ouviram, súbitos, vindos de seu peito, três tiros de brigadeiro. Um silêncio absoluto se seguiu no interior da sala, uma cortina de veludo turvou sua vista, e ele teve a impressão de ingressar pela primeira vez nos compassos de uma obra cuja partitura desconhecia. Mas não deixou nada transparecer e teve a elegância de levar o ensaio até o fim, embora os músicos, no fosso, só atentassem para o coração de *El Maestro*, cujo *tempo*, eles sabiam, chegava ao fim. Então, ele desabou no proscênio. Em meio ao tumulto, foi levado para casa. Puseram-no em seu leito, numa alcova modesta, de onde já ressoavam os rumores.

– *El Maestro se está muriendo.*

Com a cabeça apoiada em cinco travesseiros, Étienne Lamarthe pediu que lhe trouxessem seu trompete. Encaixou o bocal nos lábios, mas seu pulmão ressecado e estéril só conseguiu extrair uma única e terrível nota, um tinido rouco, um surdo lamento, que evidenciou a seriedade de sua condição. Soltou um último suspiro, cerrou os pulsos, manteve os ouvidos atentos a uma melodia remota, e uma alegria matreira cuidou de cerrar seus olhos.

No mesmo instante, Margot e Ilario Da chegavam à praça, que começava a ser pavimentada. No meio, entre muros com cartazes coloridos e prédios de dois pisos, via-se ainda sobre seu pedestal o busto de Vincenzo Bellini: lá estava, ao vento, o metal dos brincos de cobre de Chuquicamata doados pelo povo, especialmente fundidos e modelados para o concerto d'*El Maestro,* sessenta anos antes. Dois homens desmontavam a estátua, e Margot, invadida por um pressentimento, disse, com a voz dilacerada:

– *El Maestro ha muerto.*

Durante nove dias, uma interminável fila se estendeu à entrada da casa, pois cada habitante de Limache reivindicava um momento para se curvar diante dos restos do mestre. Próximo do leito de quatro colunas, Ilario Da fixou os olhos no perfil de marfim do *Maestro* e associou a palidez daquele bisavô às faces pálidas que ornavam as hóstias da fábrica. Era ainda muito rapazola, e não o conhecera o suficiente para que a perda o deixasse comovido, mas teve a decência de nada dizer durante a cerimônia e de observar o sepultamento que deveria lhe servir, uma semana mais tarde, de matéria-prima para uma novela.

Por sua vez, Margot, que o velou a noite inteira, chorou sua morte mais do que a do próprio pai. De uma só vez, acabava de se apagar a imagem desse avô solidário, talvez o único e o último homem que acreditara, desde a infância da neta, na sua força criadora. Ficou surpresa de encontrá-lo tão mirrado, tão velho, tão seco, tendo conservado apenas, de seu passado, os cabelos em desordem e seu ar de marinheiro occitano. Ergueu docemente a gola do paletó do morto, murmurando palavras afetuosas, acariciando sua testa, e ajeitou a gravata-borboleta que o vestia para a eternidade. Contemplou, horrorizada, a passagem do corpo do leito para o esquife trabalhado em tachas douradas. Uma vez instalado no caixão, sereno, a batuta entre as mãos, só então a cabeça de Bellini veio se juntar ao corpo, como uma preciosidade bíblica, a fim de que ele repousasse, assim, com aquele vulto que havia içado sua música até as franjas da Cordilheira.

Durante o cortejo do grandioso funeral, toda a aldeia se juntou à procissão para homenagear o único compositor que Limache tivera em sua história, mas nenhuma nota se fez ouvir. Para honrar o homem dos sons mais retumbantes que a região ouvira, decidiu-se guardar um silêncio digno e acompanhar o féretro sem fanfarras, a ponto de essa ausência de música ter deixado a imprensa em alerta durante duas semanas. Ele foi enterrado sob uma pequena colina de frente para o cemitério, e não entre suas muralhas, como se tratasse de uma entidade a meio caminho entre o céu e a terra, e sobre a lápide mandaram gravar apenas a palavra *Maestro,* com uma clave de sol em alto relevo dourado. Dois dias depois, no centro da praça, a estátua de Bellini foi substituída pelo busto do morto.

No dia seguinte, Ilario Da acordou com o desejo incontrolável de descrever essa cena num caderno que Aukan lhe dera de presente. Suas primeiras frases, escritas inicialmente só para se distrair, tornaram-se uma fonte de prazer, depois um tipo de necessidade. Mal começara a escrever, a catedral de seu espírito se povoou de personagens que ali surgiam como numa festa, formando um país inteiro de fábulas e de batalhas, que ele se dedicou a enriquecer com tanta euforia e facilidade que chegava a manchar a página seguinte antes de terminar a anterior. Sua escrita era miúda, apertada, quase fechada em si, como que apressada em avançar, com longas caudas nos *p* e nos *q*, e ornatos nas extremidades dos *l* e dos *d*, mas dispensando caracóis, arredondamentos, maiúsculas finas e altas, espadas ou corações, como se transferisse para a velocidade da tinta o fervor de seu sangue.

Com dezoito anos, ele já adotava a atitude dos existencialistas, sempre com um cigarro no canto dos lábios, o ar compenetrado, metido num casaco de feltro quadriculado, o hálito assombrado por dezessete cafés engolidos numa única tarde. Podia, então, demorar-se horas num pequeno detalhe da história sem perder o fio. Ele era um poço inesgotável de reviravoltas, cativante como um tribuno e esperto como uma cartomante. Sabia cuidar bem das pausas, induzir silêncios de tensão narrativa, conter a emoção de um personagem para não estragar sua dinâmica, explicar sem dizer, inventar um truque para reacender o relato e montar uma paisagem tão real, tão fiel, que seus leitores tinham a sensação de estarem ali, inteiros.

Criou, na universidade em que estudava, um jornal mural semanal que servia de painel informativo aos estudantes. Cabelos espessos, sólidos como lã de aço, cresciam-lhe no queixo e no peito. Passou a usar um bigode castanho com as pontas amareladas de tabaco e a cultivar, pela política, aquele fascínio que em geral os artistas nutrem pela arte. Mais ou menos por essa época foi apresentado a Pedro Clavel, militante do MIR venezuelano. Era um moreno vigoroso, de ossos salientes e tez ocre e uma bela juba com rodeios de palmeira. Os calos nas mãos e as crateras na pele traíam os anos passados nas serras tropicais. Havia herdado os ensinamentos castristas no fim da ditadura de Perez Jimenez, lutado pelas reformas agrárias apesar de não ser camponês e se salvado milagrosamente de uma execução na Nicarágua.

Essas experiências, tão perigosas quanto empolgantes, incutiram nele uma fé combativa que o tempo tornava cada dia mais crítica e extremada.

Ilario Da o encontrou num café chamado *Rincón Caliente,* onde, todas as quintas-feiras à tarde, um grupo de jovens ativistas formado por socialistas cubanos e militantes argentinos conjurava em torno de garrafas de vinho e de *empanadas,* debatendo as greves nas minas de cobre, a interrupção dos trajetos dos caminhoneiros e as tentativas de desestabilização social. Certa vez, inflamado por uma discussão sobre o liberalismo autoritário, Ilario Da acompanhou Pedro Clavel até sua casa, num grande subúrbio de Santiago. Ele vivia numa acomodação de fundo de um quintal, em companhia de porcos e coelhos. Mostrou-lhe as três prateleiras de sua pobre estante de livros, acima da cama, saturadas de páginas e de cartas escritas às pressas nas superfícies de papéis codificados. Mencionou a família de Maracaibo, sua mulher Céleste e uma irmã fantástica, batizada Venezuela, cujo destino cruzaria o de Ilario, muitos anos depois, em Paris.

Depois a conversa derivou para os perigos de uma eventual ditadura dos liberais e a importância de se preparar para todos os imprevistos. Ele era um modelo de inteligência e de coragem, e nos momentos em que se exasperava ao recordar as lutas passadas, Ilario Da se impressionava com sua modéstia. Nessa época, os jovens militantes passavam de mão em mão o livro de Nikolai Ostrovski, *Assim foi temperado o aço,* publicado em Santiago, cuja capa era feita com um papelão já utilizado de um lado, de forma que era possível, virando o exemplar, ver trechos de velhas contas. O único exemplar de Pedro Clavel tinha se tornado um aglomerado compacto de folhas descascadas e anotadas, um monumento de páginas escurecidas pela chuva e por mosquitos esmagados, que ele entregou a Ilario Da com uma solenidade soviética.

– Nós precisamos de homens como você no partido.

Ilario Da não conseguiu esconder a surpresa.

– Que partido?

– O MIR – respondeu Pedro Clavel, baixando a voz.

Foi assim que Ilario Da passou a integrar o MIR, movimento de extrema-esquerda revolucionária que pregava a ditadura do proletariado e a emancipação das classes trabalhadoras. Ele se juntou a essa nova família com um misto de assombro e de confiança, e fez o juramento silencioso de uma cumplicidade que duraria toda a vida. Abandonou a faculdade e embrenhou-se numa outra escola, povoada de homens e mulheres com discursos novos, onde se falava de cooperativas, de salário mínimo, de aposentadoria e de férias pagas. Deixou o cabelo crescer, revisitou os tesouros da cultura bolchevique e desenterrou artistas esquecidos que as velhas repúblicas sepultaram, tentando aproveitar esse momento político que, em sua candura, ele pressentia, seria memorável. Chegava a todo instante em casa com uma jaqueta de couro e uma camiseta vermelha, um gorro e botas altas, com o ar determinado que lhe valeria o apelido de *Pantera*. Enfrentando com ardor todas as barreiras que sua classe lhe impunha, usava os cabelos desordenados, sujos, os cachos caindo sobre a fronte obstinada, onde toda uma vida de engajamento já estava presente em casulo.

– Esse rapaz vai acabar virando um marxista – exclamavam as velhas senhoras do bairro.

***

Em setembro de 1970, o presidente Allende chegou ao poder. Essa vitória teve uma retumbância que, pela primeira vez, coloriu os rostos de uma outra juventude, que erguia *palines* ancestrais, tabuletas e cartazes, celebrando o instante histórico no qual a voz do povo tinha vencido a dos oligarcas. Ilario Da e Pedro Clavel se uniram, como a maioria do país, à multidão que se pendurou na sacada da Moneda, onde o presidente do povo, de pé num terno simples, com a faixa atada ao peito, acenava. Quarenta e sete fábricas foram nacionalizadas, e o acesso ao crédito foi facilitado. A reforma agrária expropriou mais de dez milhões de hectares de terras férteis, conheceu-se o pleno emprego e os salários aumentaram. Num único ato democrático, a Unidad Popular retomou as minas de cobre até então exploradas por empresas norte-americanas.

Ilario Da descobriu, então, com uma paixão sem disfarces, o irresistível encanto de passar noites em claro criticando o *sistema capitalista*. Essas palavras soavam como vindas de uma ordem diabólica, tentacular, imperfeita e impositiva, e não somente deviam ser combatidas, mas reescritas.

Com frequência ele passava o domingo com Margot, agora uma *hippie* de tranças coloridas e roupas largas, uma cigana despossuída pela vida, com o pescoço adornado por colares de sementes e os braços carregados de pulseiras. Era difícil reconhecer nela a aviadora de antes, feroz e flamejante, que tinha crescido em escolas militares e que combateu na Europa, integrando a RAF. No inverno, ela organizava no salão reuniões pacifistas, frequentadas por uma dezena de velhos colegas, como se fosse uma congregação de monges. Margot ficou surpresa de encontrar entre eles, certo dia, um velho elegante e abatido, ostentando uma grossa cabeleira branca, uma pele empoada, o nariz em bico de águia e uma atitude de total alheamento. Era Bernardo Danovsky, que, trinta anos depois do desaparecimento de seu filho, se desfigurara a ponto de não ter praticamente nada em comum com o homem que Margot encontrara em seu jardim. Ele agora trabalhava no aeródromo de Tobalaba, num imenso campo aberto na comuna de La Reina, para onde fora transferido o clube de aviação de Los Cerrillos. O local era tão vasto, as instalações tão numerosas, que os aviões, também em grande número, não eram suficientes para ocupar todo o espaço. Margot o recebeu com ternura, e, a partir daquele momento, Bernardo Danovsky entregou-se a todas as *tertulias* que ela organizou, trazendo sempre buquês de begônias vermelhas que, segundo ele, destilavam no aposento o cheiro das pistas de decolagem.

Uma noite, quando davam uma volta no jardim, Bernardo descobriu o avião artesanal que seu filho havia construído com as próprias mãos. Ficou tão comovido que propôs a Margot, como forma de homenagem, deslocá-lo para um dos hangares do aeródromo de Tobalaba, para proteger sua memória.

– Quem sabe? – disse. – Talvez ele ainda voe...

Um caminhão veio buscar o avião, e Margot cuidou pessoalmente de instalá-lo num dos depósitos onde permaneceria à sombra, durante alguns anos, até o momento em que viessem tirá-lo dali, ilegalmente, para seu voo primeiro e derradeiro.

O prenúncio de que Ilario Da não se ajoelharia jamais perante alguém se confirmava pouco a pouco. Mas em matéria de política Margot não estava nunca de acordo com o filho. As opiniões dos dois batiam de frente. Margot promovia a ideia de uma revolta pacífica. Tinha colocado na cabeça que a guerra era um fruto da Europa e que o Chile era depositário da paz dos paraísos. Não supunha que se pudesse cometer, no coração desse país fabuloso que ela havia amado acima de tudo, as mesmas atrocidades que se viam do outro lado do oceano. Ilario Da gargalhava ao responder que não se pode mudar um sistema pelo sistema. Não se faz uma revolução por meio das urnas.

– É uma contradição semântica.

Inebriados nessas noites insones, mãe e filho viam suas querelas naufragarem em argumentos confusos. Ilario Da pecava pela eloquência, Margot, pela experiência, e a conversa sofria reviravoltas que acabavam desaguando nas mesmas conclusões por caminhos diferentes. Eles então se calavam, exaustos de tanto nadar em círculos, convencidos de que a História os absolveria. Mas, numa dessas tardes, Margot não conseguiu evitar um agouro impetuoso:

– Se alguma coisa acontecer, quero que me prometa que irá à França, e procurará seu tio-bisavô.

E completou:

– Ele se chama Michel René.

No mesmo instante, Hector Bracamonte, passando pela oficina para pegar uma velha fatura, subiu ao escritório. Começou a procurar os papéis entre as coisas de Lazare e achou, por acaso, dentro de um casaco pendurado num prego, o revólver que o patrão havia comprado de Ernest Brun, quando Hector tinha tentado roubá-lo. Não tocou na arma e desceu calmamente ao *hall* da fábrica. Foi quando Thérèse entrou, alarmada, aos gritos:

– *Están bombardeando la Moneda!*

Havia uma hora, uma junta militar canhoneava a Plaza de la Constitución. Soube-se, mais tarde, que o presidente Salvador Allende, acuado no palácio presidencial com uma arma oferecida por Fidel Castro, tinha se suicidado enquanto sua voz áspera ainda ecoava nos rádios. Dizia-se que os oficiais golpistas fizeram fila diante de seu cadáver e estouraram, cada um deles, uma bala em seu corpo, como numa cerimônia macabra, e que o último oficial desfigurou seu rosto a coronhadas de fuzil. Em fim de setembro, o corpo foi posto no caixão com a cabeça enrolada numa mortalha, e ninguém, nem sua esposa, teve autorização de removê-la. O ataque aéreo surpreendeu a todos pela precisão e pela *expertise*. Não foi preciso investigar por muito tempo para entender que a ação tinha sido conduzida por grupos de aviadores acrobatas norte-americanos, chegados à costa chilena como parte da operação Unitas, e que seu grande arquiteto era Henry Kissinger, a quem seria concedido, anos depois, o Prêmio Nobel da Paz.

Nos dias que se seguiram, helicópteros fizeram rondas sobrevoando os bairros mais pobres. Santiago foi invadida por homens de uniformes militares, uma nova casta emergente, por tanques e viaturas blindadas, por bandeiras e desfiles. Em algumas semanas eles liquidaram os chefes sindicalistas conhecidos, abateram os opositores socialistas, desmantelaram os partidos de esquerda; e, certa manhã, as páginas de *El Mercurio* traziam a notícia de que o Congresso nacional e os conselhos municipais tinham sido dissolvidos. Depois do toque de recolher, os *carabineros* arrombavam as portas com suas botas, arrancavam casais de suas camas e os faziam desaparecer nas intermináveis listas da junta militar. Adolescentes eram encontrados em terrenos baldios com três balas nas costas, outros recostados nas paredes de uma mercearia em plena rua. O país inteiro era sobrevoado por aviões de caça, ônibus apinhados de *carabineros* atravessavam as cidades carregando comunistas, as casas eram esvaziadas de seus livros, enquanto os novos dirigentes apareciam na imprensa com óculos de sol, os peitos cobertos por armaduras de medalhas e insígnias, refestelados nos salões da Moneda, onde permaneceriam durante os dezessete anos de ditadura.

O Chile se tornou um país de encarceramentos, de execuções sumárias, de processos manipulados. A Dina, polícia secreta chilena, revistou as universidades, as bibliotecas, os laboratórios de pesquisa, deportando alguns dos espíritos mais esclarecidos do século. Três mil pessoas assassinadas, trinta mil prisioneiros políticos, vinte e cinco mil estudantes expulsos, duzentos mil operários demitidos. As prisões ficaram lotadas de professores eméritos, intelectuais, músicos, artistas. Os domínios vitícolas se transformaram em centros de interrogatórios onde poetas, padeiros, *luthiers* e marionetistas eram torturados. Caminhar nas ruas à noite era proibido, ter cabelos compridos era um delito, ler poesia era suspeito. Queriam construir um moinho enquanto proibiam o vento.

Ilario Da entrou num universo em que a delação era rotineira. A ditadura os apertava, como num abraço. A resistência era limitada. Nas adegas, imprimiam-se folhetos escritos às pressas, nos quais a tinta escorria, e que traziam títulos sem qualquer poesia. Utilizava-se a palavra "Allende" para trazer sorte, como um amuleto pendurado no pescoço, acariciando as sílabas que eram repetidas sem cansaço, com uma raiva contida. Nunca o Chile travou uma batalha tão digna como aquela que se via nos quintais, onde se uniam os partidos clandestinos, em quartos secretos, em cujas despensas os panfletos eram confeccionados. Ilario Da descobriu nesse tempo as veias ocultas de Santiago, todas as passagens e vielas secretas, e, ao voltar para casa, brincava de usar apenas atalhos como caminho, preparando-se para o dia em que tivesse que escapar a sério da polícia. Sua dupla identidade, de burguês e militante, era ao mesmo tempo aflitiva e revigorante. Mascarado, ele pertencia a essa cidade cintilante, habitada por combatentes incógnitos, a essa nação de armas escusas, a essa irmandade de seres que não se conheciam, mas se uniam por uma sacralidade mais forte que a instituição da família. Nada estava mais de acordo com sua idade, com sua impenetrável imprudência, que essas galerias escavadas, de esconderijos e de falsas portas, cheias de jovens que se lançavam à resistência, dispostos à tortura e à prisão, ao exílio, com a mesma coragem dos primeiros aviadores, embarcando em máquinas cegas, deixando suas vidas oferendadas aos desígnios dos céus.

Numa sexta-feira de dezembro, por volta de três da tarde, bem mais cedo que o toque de recolher, Hector Bracamonte foi surpreendido por golpes furiosos na porta da fábrica. Um destacamento de cinco homens, que saltaram de duas caminhonetes sem placas, invadiu a peça comum e começou a revistar as máquinas e os fornos de hóstias. Dois deles, vestidos em trajes civis, mandaram todos se juntarem no centro da sala com documentos nas mãos. Ilario Da mostrou sua identidade e, sem mesmo examiná-la, um militar fixou seus olhos:

— Você é do MIR, não é?

– De onde?

O homem o puxou na direção do grupo de empregados que já se amontoava. Então apareceu um tenente de cabelos curtos e óculos escuros apoiados no nariz, que acabara de sair de uma das caminhonetes, e que começou a selecionar os documentos com uma indiferença indolente.

Ele usava um uniforme de camuflagem militar, sem capacete nem cinturão, e botas cáqui que subiam até os joelhos. Embora houvesse uma tensão palpável, tudo decorria num clima de falsa cordialidade, e os carabineiros não pareciam realmente interessados nesses empregados, exaustos, arrancados de seus postos de trabalho. O tenente mandou revistarem caixotes e cômodos e todos os armários do ateliê, arrastarem as máquinas e revirarem os sacos de farinha, à procura de uma prova. Depois de alguns minutos, dois militares reapareceram com a caixa vermelha de Margot.

– Vocês têm um mandado de busca? – perguntou Ilario Da.

O tenente mal moveu os lábios.

– Aqui, as perguntas sou eu que faço.

Sem esperar, ele abriu a caixa. Dentro, descobriu as folhas onde, vinte anos antes, Ilario Da havia escrito a palavra *Revolución*. No fundo, os dois sacos cheio de balas da loja de Ernest Brun.

– Vejo que há crianças nessa casa – ele disse, mostrando os sacos. – A quem pertencem?

Ilario Da ficou lívido. Ele ia falar, quando Hector Bracamonte se antecipou.

– São minhas.

– E de onde elas vêm?

– Foram um presente de Natal.

O tenente cerrou as mandíbulas. Ninguém poderia dizer em que momento preciso uma fúria inchou suas têmporas. Ele se aproximou a dois centímetros de Hector e desferiu um violento golpe de cotovelo no seu queixo. Hector caiu no chão junto com um jato de sangue e com os dentes que foram parar na outra extremidade da sala. O tenente o espancou como um desajuizado, na boca do estômago, possuído por uma ira crescente. Hector se encolhia e protegia a cabeça com os braços. Operários quiseram defendê-lo com socos desordenados e ameaças distribuídas a esmo, mas foram postos contra a parede e obrigados a ficar imóveis, as pernas afastadas, enquanto as mãos ásperas dos militares revistavam seus bolsos e esvaziavam suas carteiras.

Quando descobriram que a oficina era anexa a uma casa, vários homens invadiram o pequeno claustro de Santo Domingo. No mesmo instante, Thérèse, no centro do jardim, enchia de grãos de aveia as manjedouras do viveiro. Ela viu os carabineiros avançarem em sua direção e achou que um acidente tinha acontecido. Mas entendeu que se tratava de outra coisa quando, obedecendo a ordens vindas do quintal, dois soldados a puxaram dos ninhos e obrigaram-na a deitar no chão, as mãos em volta da nuca.

– Não faça bobagens – avisaram.

O tenente apareceu e inclinou-se, apoiando um joelho no chão.

– Seus pássaros são comunistas, madame?

Thérèse levantou o semblante na direção do tenente e cruzou seu olhar arrogante. Então, ele puxou uma pistola e atirou no primeiro pássaro que se aproximou do gradeado. Todo o viveiro se alarmou. A coruja de Thérèse balançou as asas para trás, com uma bala no meio da testa, as pálpebras debruadas, espalhando, em sua queda, uma nuvem de flores e cascas secas, enquanto um fio de sangue ácido escorria em sua penugem. O tenente se ajoelhou uma segunda vez e murmurou.

– Diga-me tudo que você sabe.

Em estado de choque, Thérèse fixou o homem com os olhos cheios de lágrimas.

– Tanto pior – concluiu. – Matem todos eles.

À luz púrpura da velha videira, dois soldados, armados com metralhadoras, abriram fogo. Foram dez minutos de massacre durante os quais tombaram, uma a uma, todas as aves que a família Lonsonier havia agrupado ao longo dos anos. Os corpos eram massacrados sob a fumaça dos canos, e os urros dos pássaros cobriam os gritos de Thérèse, que, impotente, tampava os ouvidos com as mãos. Quando já não havia nenhum animal vivo nas gaiolas, os carabineiros giraram nos calcanhares e deixaram o jardim.

Ilario Da, contra a parede, estava rezando quando ressoou o estampido. Ele ouviu em seguida outros disparos e imaginou o pior. Compreendeu que se iniciava um dos períodos mais dolorosos de sua vida, mas não supunha ainda, naquele momento, que a bala que abatera a coruja de Thérèse, explodindo seu cérebro e embranquecendo sua pupila, também faria sua avó se precipitar numa lenta loucura. Eles o encheram de coronhadas e o arrastaram até as caminhonetes. Mas antes de deixar a oficina, Hector, a boca desfeita em sangue, com uma admirável sobriedade, pediu permissão para ir buscar seu casaco no escritório.

– Você não quer pegar também sua escova de dentes? – perguntou um militar.

– É meu direito.

– Rápido.

Ele subiu a escadaria e reapareceu dois minutos depois com o casaco de Lazare, onde o revólver repousava. Lá fora, os dois furgões aguardavam com as portas abertas, vigiados na dianteira e na traseira por homens armados. Jogaram Hector e Ilario Da num deles, e ambos sentiram o odor rançoso de um outro detento com o pescoço ensanguentado, encostado no vidro direito. Ilario Da estava no centro e Hector voltado para a porta da esquerda, atrás do motorista.

O tenente entrou e se instalou na poltrona do copiloto. Inabalável, a expressão fechada, como um totem, Hector esperou que o oficial estivesse ocupado enganchando o cinto de segurança e, aproveitando o momento de desatenção, puxou a pistola do casaco e disparou em sua orelha.

A deflagração ressoou no carro como uma trovoada. Uma rajada de sangue com fragmentos de cérebro jorrou no painel. O impacto projetou a cabeça do tenente contra o vidro. Hector abaixou o cano da pistola e atirou uma segunda vez entre as pernas do tenente. Seus testículos explodiram como dois balões e pintaram de vermelho o assento. O chofer, que ainda não tinha dado a partida, girou o corpo e se jogou sobre Hector. Agarrou seu braço e conseguiu virar a pistola contra ele. Ganhando a disputa, encostou-a em sua testa e atirou.

Uma linha vermelha dividiu em dois aquele belo rosto, e uma última expressão de vitória percorreu seus olhos. Hector tinha um sorriso no rosto coberto de sangue, a camisa manchada, e foi com esse gesto simples que se concluiu sua missão de vinte anos a serviço de um homem que, em outro tempo, ele tentou roubar. Seu corpo foi retirado do veículo por mãos afoitas, escondido em outra viatura sob um pano grosso, e ele só seria visto novamente quando seu cadáver fosse encontrado no fundo do oceano, amarrado a um dormente de trilho de locomotivas, com seu majestoso, argiloso perfil, roído por crustáceos.

Por volta das cinco da tarde, quando Hector era assassinado num furgão, Margot terminava de tomar o chá de menta que Bernardo Danovsky lhe servira. Ela ignorava que toda a sua passarada acabava de ser morta, que sua mãe ainda estava diante da cena, de joelhos, aturdida, e nunca se perdoaria pela própria ausência. Mal saiu da casa de Bernardo Danovsky e notou, com estranhamento, o silêncio que dominava sua rua e a presença de um grupo de vizinhos reunidos em frente à casa. Uma mulher se aproximou, e Margot pressentiu uma desgraça.

– Levaram Ilario Da.

No mesmo momento, no hospital militar, vários jovens detidos aguardavam em fila contra a parede, quando um grupo de soldados entrou com estrondo na sala. Ilario Da percebeu que alguém estava atrás dele e desenrolava uma fita adesiva, com a qual o vendou. Sentiu uma pressão forte nas sobrancelhas e no nariz, ao contato com a superfície fria do plástico.

– Feche os olhos e não tente abri-los se não quiser perder os cílios para sempre.

Enfiaram-no em outro carro. Ilario Da supôs que tinham deixado a capital, pois o asfalto não era mais regular e o veículo saltava como se estivessem numa estrada rural. Depois pararam, a portinhola se abriu e o puxaram pelo cabelo com violência, arrancando-o do carro. Algemado pelas costas, ele caiu de cara no chão, sem poder se proteger, e foi reerguido por um chute nos rins. Obrigaram-no a caminhar sem lhe indicar os obstáculos, de modo que por longos minutos Ilario Da andou às cegas, tropeçando em degraus, batendo a cabeça nas paredes, ralando os ombros em arames farpados e cacos de vidro, até ser jogado num colchão úmido. Foram cinco os que se lançaram sobre ele com golpes de cassetete. Ilario Da enrolou-se como uma bola, metendo a cabeça entre as pernas, cerrou os punhos até fincar as unhas nas palmas e contraiu o abdome, espumando sangue mas resistindo aos golpes.

Quando a pancadaria diminuiu, ele aproveitou para gritar:

— Eu não tenho nada a ver com isso!

Foram suas primeiras palavras sob tortura, e, ao pronunciá-las, ele prometeu a si mesmo repeti-las até o fim.

— Nós sabemos que você é do MIR, subversivo de merda!

— Não sei do que você está falando.

— Senhor! — berraram no seu ouvido. — Aqui você me chama de senhor!

Ele ia responder quando sentiu no braço milhares de agulhadas, como se o tivessem metido num ninho de víboras. Seu corpo se contraiu.

— É isso que o espera se você não falar!

Foi o primeiro eletrochoque que recebeu, na altura do cotovelo. Uma violenta corrente elétrica atravessou seu esqueleto como uma ponta de cristal, sensação que se tornaria, no período de sua prisão, um de seus maiores medos.

— Eu não tenho nada a ver com essa história, senhor.

Um segundo choque o sacudiu na altura do umbigo, e ele teve a impressão de se desfazer, dardejado por descargas infinitas, dos pés ao couro cabeludo. Arrancaram suas calças e ele ficou nu. Aproximaram de seu sexo encolhido o eletrodo de metal gelado. A barbaridade dessa tortura o deixou sobressaltado, mas antes que pudesse se esquivar, sentiu a corrente na glande. Ele achou que seus testículos fossem explodir. Seu sexo inchou na forma de um sino. Ele soltou um grito hediondo, seu corpo se arqueou, os dedos dos pés esticaram-se, a língua saltou para fora, como a de um enforcado, as narinas se abriram e as nádegas se crisparam violentamente. Ele pensou que tinha deslocado as articulações, que os ossos rasgavam a pele, que seus cabelos e seus pelos estavam em chamas, que seus dentes se estilhaçavam e que seus olhos tinham saído das órbitas. O choque durou quatro segundos, e seu corpo rolou pelo chão, caiu inerte, um fio de sangue escorrendo da ponta do pênis. O sofrimento foi tão brutal que ele acreditou ter visto, diante dos olhos cobertos, na penumbra em que a ditadura o afogava, a figura de Hector Bracamonte flutuando numa nuvem de luz pura, levitando num céu onírico rodeado de condores e hóstias, como um anjo indígena. Mas continuava no chão, aguardando com terror a próxima descarga.

Cortaram seus cabelos com tesouras enferrujadas. O crânio sangrou. Depois ele ouviu a leitura de um documento que tratava de um arsenal clandestino e do provável endereço de jovens comunistas.

– É a primeira vez que eu ouço isso, senhor – balbuciou Ilario Da, a boca pastosa, a voz trêmula.

O eletrodo, desta vez, foi aplicado nas feridas do crânio. A carne fumegou. Ilario Da urrou, agitando-se com todas as suas forças, chutando o vazio desordenadamente. Ao fim de uma hora, como ele continuava se recusando a falar, o puseram de pé. Babando e sangrando por todo o corpo, ele mal se sustentava sobre as pernas. O silêncio do entorno o inquietou. Depois, ele ouviu:

– Nós vamos decepar se você não falar.

Ilario Da sentiu então que a mesma tesoura oxidada com a qual lhe cortaram o cabelo agora pressionava perigosamente seu sexo. Uma das pontas já feria seu testículo esquerdo e as duas lâminas agarravam sua base. Uma forte bofetada mudou seu rosto de posição.

– Você vai continuar a brincar de herói sem pau? Não seja idiota. Que mulher vai querer saber de você? Reflita um pouco, não se deixe influenciar pelos panfletos ou por esses sujeitos que estão denunciando você agora mesmo em outras celas. Não seja idiota, nós vamos cortar.

As pontas da tesoura avançaram e Ilario Da se pôs a chorar. No início eram apenas pequenos gemidos irregulares, mas logo ele percebeu que alguma coisa desmoronava dentro de si. O dilema que cada geração dos Lonsonier vivenciara o abraçava agora. Para não falar sob tortura, para sobreviver, era preciso dizer que Hector era o único culpado. Não se tratava de traí-lo, mas de aproveitar-se do crime que eles cometeram juntos e usá-lo em seu favor. Logo entendeu que não seria libertado se não desse um nome, e que, mesmo manchando a memória do homem que ele mais admirara, não se salvaria. Com uma falsa confissão pela qual jamais se perdoaria, disse, num soluço:

– Hector Bracamonte sabia de tudo.

Os carrascos aguardaram, pressionando ainda mais a tesoura, até que sua juventude fosse rompida para sempre e que toda a sua dignidade de homem fosse reduzida a uma sombra de poeira.

– Nós vamos deixar você refletir um pouco – disse alguém, afastando a tesoura.

Quatro soldados o levantaram.

– Fora, cachorro!

Deram-lhe as calças de um prisioneiro que tinha morrido na mesma manhã, rasgada da cintura até os joelhos, coberta de fatias endurecidas de fezes secas. Forçaram-no a se dobrar para passar por galerias de teto baixo, e o obrigaram a descer de quatro em quatro os degraus de uma escada em U que mal se sustentava. Uma porta metálica se abriu e o ar gelado indicou que ele saía num pátio externo. Um soco na barriga o deixou dobrado ao meio. Caiu de joelhos sem poder respirar e torceu o braço direito. A calça imunda, as algemas, a velha lá da camisa, tudo espetava seu corpo. Sentia tanta sede que não conseguia mais engolir a própria saliva, e mascava em seu palato uma pasta ácida com gosto de vômito.

Alguém passou por trás dele. Substituíram suas algemas por um grosso barbante em crina vegetal, menos caro, que unia o punho e o tornozelo, passando pelas pernas. Um militar se aproximou de seu ouvido e murmurou.

– Esse Hector, morto ou vivo, não vai lhe servir para nada.

Ilario Da

Após o assassinato de Hector Bracamonte e a prisão de Ilario Da, Margot envelheceu em uma noite. Assim que os corpos dos pássaros foram retirados do viveiro, ela se trancou no quarto e passou três dias queimando os livros de seu filho na grande banheira dos Lonsonier, convencida de que os militares voltariam para revistar a casa. Thérèse, vendo a fumaça escapar em espirais, temeu que sua filha destruísse o que restava da memória familiar, como fizera com o limoeiro, na época em que trabalhava em seu avião. Mas, de novo, não conseguiu dissuadi-la da ideia.

– Você está queimando nossas lembranças – advertiu.

– Nosso legado será uma herança de cinzas.

Certa de que a junta militar tinha fuzilado Ilario Da, Margot cobriu as janelas do salão com mantas de gaze e não se afastou da casa além do perímetro do jardim. Encurvada em longos ponchos poeirentos, os olhos vermelhos de sangue, ela concluiu que uma maldição austral havia flagelado a família por três gerações, e, de tão alheia, sequer notou, numa tarde de outubro, a chegada em Santo Domingo de um homem com pulseiras de cobre e uma tiara de lã amarrada na testa. Eram três da tarde. Margot ainda estava na cama, a cabeça enfiada numa montanha de lenços e de almofadas de casamento, quando viu Aukan empurrar sua porta sem pedir licença. Não se ouviam notícias dele desde a infância de Ilario Da. Vinha de Concepción a cavalo, numa viagem noturna, e trazia na bagagem a notícia urgente de um sonho premonitório.

– Ilario Da está vivo. Eu o vi quando dormia.

A frase, pronunciada com a irrefutável exatidão das ciências oníricas, ecoou no coração de Margot. Não que ela acreditasse nos presságios místicos de um *machi*, ou nas superstições sobre os dons da noite, mas a certeza incutida naquelas palavras era o sinal de que deveria renascer das cinzas para libertar o filho da fogueira. Ela foi, então, à embaixada da França com a intenção de forçar algum tipo de pressão diplomática, mas o ministério hesitou em considerar seu pedido quando soube que Ilario Da cometera um delito, além da descoberta, pela junta militar, de uma caixa vermelha de papelão, uma pistola e munição guardadas na fábrica. A partir desse momento, Margot deixou de lado os trajes *hippies* e as andanças notívagas para reavivar o instinto guerreiro com que enfrentara os pilotos alemães e seus caças no céu que cobria o Canal da Mancha. O empenho na nova batalha foi tão vertiginoso que Margot também ganhou reputação de militante, deixando Thérèse com receio de uma segunda intervenção dos carabineiros.

Nessa época, a pele de Thérèse estava coberta de escamas e estrias, como a dos lagartos, e seus dentes haviam escurecido. Os anos no viveiro fizeram nascer em seu corpo uma corcunda que a deixara arqueada como uma ponte. Sua farta cabeleira diminuíra a ponto de os pelos ficarem eriçados como as agulhas da araucária. Quando ela se aborrecia, sua expressão severa evocava a imagem especular de uma velha dama, uma águia exausta, e revelava uma melancolia contida, gestada em intermináveis odisseias. Numa tarde, quando lhe serviam frango com cenouras cozidas, ela empurrou o prato com repulsa.

– Eu não como aves.

A partir desse dia, decidiu se alimentar apenas de mingau e de milho triturado, servidos em pratinhos de porcelana. Ninguém tinha ainda percebido que, naquela idade, ela retomava o hábito de chupar o polegar, como se voltasse lentamente a uma infância esquecida. Suas raras amigas acharam que a rabugice e a nostalgia se deviam à situação política do país. Mas só ela compreendeu, num lampejo de lucidez, que estava perdendo, pouco a pouco, o fio da razão. Nas manhãs ensolaradas, enquanto movia a cadeira de balanço do velho Lonsonier com o perfil voltado para a janela, chamava o nome de Ilario Da como se o neto estivesse naquela hora mesmo no jardim, até se dar conta do engano e cair numa risada tola. Ao ver que sua mãe se perdia no pântano da insensatez, Margot, sempre ocupada em pressionar a embaixada para liberar o filho, anunciou que precisava de uma enfermeira.

Na segunda-feira seguinte apareceu Célia Filomena com uma pequena maleta cheia de mudas de roupa, mas também de torniquetes, curativos e compressas, vestindo uma saia perfeitamente passada e meias brancas até os joelhos. A moça não tinha mais de vinte anos, mas trazia uma tenacidade no olhar que a fazia parecer mais velha. Ajeitou suas coisas no salão com um gesto experiente, como se tivesse residido na casa desde sempre, e ficou junto de Thérèse até sua última hora. Banhava sua paciente com óleos essenciais de camomila romana, cozinhava para ela *brazos de reina* entupidos com litros de *dulce de leche*, limpava os cômodos deixando no ar um aroma de ervas frescas e, à noite, antes de se deitar, lia para ela, em voz alta, os textos canhestros de Ilario Da. Ela se dedicou tanto a essa mulher, com tamanha piedade, que Margot desconfiou que de algum modo elas se conheciam de outro tempo. Mas nada impedia Thérèse de ficar horas a fio olhando pela janela o viveiro vazio, cujas barras, ainda manchadas do sangue da carnificina, abrigavam as lembranças de seus melhores anos. Foi Célia Filomena que, entendendo a situação, um dia interpelou Margot no momento em que ela se preparava para mais uma visita à embaixada.

– Você precisa comprar um pássaro.

Trouxeram para a casa uma gaiola em metal forjado, ornada de arabescos em estuque, que fazia lembrar a chegada, anos antes, da pioneira – a coruja. Dessa vez a hóspede era uma cacatua branca de cinquenta centímetros de altura, cuja crista, penteada para trás como num cantor de tango, se eriçava em tufos solenes quando punham música para ela ouvir. Vinha dos rios caudalosos da Indonésia, e, embora seu grito fizesse pensar numa misteriosa língua do arquipélago, sua ternura por Thérèse era tanta que parecia ter nascido de um ninho qualquer, numa esquina a poucos passos da casa. Mas a aparição dessa criatura magnífica, que sabia fazer uso das palavras, ronronava como um gato e ria em cascatas, não despertou nela um especial interesse. Thérèse seguia atolada em seu sofá de vime, no canto mais recôndito, perscrutando ao longe seu jardim abandonado e, de hora em hora, enchia pequenas tigelas com uma mistura de alpiste, sementes de abóbora e aveia descascada. Um belo dia, voltou a se lavar na antiga banheira. Mandaram arrastar a peça para perto de seu leito, e Célia Filomena, durante mais de duas semanas, encarregou-se da missão de encher a peça de água quente e esfregar as costas de Thérèse com um pano ensopado de âmbar de melaço.

– Meu pulmão dói – ela resmungava, às vezes.

A jovem enfermeira teve uma nova intuição: era preciso, para ajudá-la, recriar o viveiro que um dia fora seu reino. Assim, mais uma vez, remetendo aos esplendores de Santo Domingo, a casa foi abastecida por aves originárias de todas as regiões do mundo, que passaram pelos controles das estradas de ferro ou viajaram encolhidas em bagagens ocultas nos porões do alto-mar. Dessa vez não foi nem no viveiro nem no salão que instalaram os nichos, mas diretamente no quarto de Thérèse, que, aninhada na banheira de patas de leão, cercada pelos mirtilos que perfumavam a água, contemplava num silêncio silvestre as dezenas de pássaros soltos que voejavam pelo aposento.

Mas nem assim seu estado melhorou. O espírito de Thérèse continuou a se perder no vazio, e ela definhou a tal ponto que, no refúgio dos lençóis, podia-se confundi-la com um pequeno rouxinol de cristal. Lá pelo mês de outubro, quando a primavera começava a revestir a videira, uma tosse aguda abateu Thérèse como em sua infância em Limache. Numa tarde em que, maltratada pela sensação de sufocamento, ela se queixava de uma fortíssima dor de garganta, Célia Filomena, que aprendera com a mãe as virtudes medicinais da boa cozinha, decidiu preparar-lhe uma canja de pé de galinha temperada com folhas de marroio.

Ela procurou ingredientes em todas as gavetas da cozinha e, não achando nada, subiu num pequeno banco para alcançar o fundo das prateleiras, de onde resgatou uma caixa de biscoitos abandonada por muitos anos, que continha, pensou, velhos ossos de galo. Na verdade, era a ossada de dinossauros patagões que Aukan, quarenta anos antes, numa de suas visitas para sessões de levitação, pedira para esconder. Célia Filomena cozinhou naquele dia, sem saber, um caldo de fósseis pré-históricos. Servido com um fio de óleo, ficou tão saboroso que Thérèse segurou os pequenos ossos com os dedos para chupá-los, sem desconfiar que engolia, até o tutano, sessenta milhões de anos de existência.

Ninguém jamais soube se foram os fósseis de dinossauros ou o número incalculável de pássaros sobrevoando o quarto, mas, ao fim de algumas horas, Thérèse foi arrastada a uma viagem paleontológica frequentada por animais fabulosos, enquanto rolava no colchão como se fosse um rinoceronte banhando-se na areia. Sentia-se livre numa terra de devaneios, embalada por doces delírios, invadida por uma força primitiva que a elevava aos céus, num voo pleno. Ela viu, numa aparição envolta num halo de luz, o condor que um dia observara no cume da Cordilheira: volteando o viveiro do jardim, ele grasnava escalas operísticas enquanto abria suas asas gigantes em gesto de proteção. Então ela chorou de felicidade pela primeira vez em muito tempo e disse, com a voz clara que fizera sua fama, antes da epidemia de coqueluche:

– Michel René não existe.

Essa confissão, as últimas palavras de sua vida, foram impossíveis de decifrar para a única pessoa da casa que a ouviu. Célia Filomena as atribuiu a um desatino senil e na mesma noite, um domingo de Natal, foi a única testemunha da morte de Thérèse Lamarthe, que deixou o mundo tendo à vista, da janela, o vazio de seu viveiro. Foi enterrada no Cementerio General, ao lado de Lazare, dentro de um caixão que quatro homens deslizaram para o interior de uma tumba toda coberta de flores de girassol e onde, até o exílio do último Lonsonier, os pássaros vieram pousar.

Na mesma hora, Ilario Da voltou ao centro de tortura onde deveria passar as horas mais sombrias de sua juventude. Nesse período, a Villa Grimaldi era nada mais que um jardim das trevas. As celas se dispunham em linha, lado a lado, pequenas cabanas de lambris, tendo como janelas só uma abertura no teto. Eram andaimes selados por tábuas, farrapos e resíduos metálicos, parecidos com silos de milho empilhados, em cujo breu os prisioneiros jaziam. Uma languidez triste envolvia esse parque sem flores, ao longo de uma parede murada de tijolos verdes, recentemente erguida, sem nenhuma história, sem nenhum futuro.

Ao chegar, ejetaram Ilario Da do automóvel à base de chutes nas costas. Um coronel, de pé diante dele, avisou, com autoridade:

– Aqui, os mudos falam.

Uma rajada de metralhadora o sobressaltou, e o puxaram com brutalidade até um dos nichos. Embora tivesse os olhos vendados, Ilario Da sentiu que entrava num local abarrotado. Fizeram-no sentar e, depois de fechar o cadeado, antes de partir, um soldado inquiriu:

– Quem é o chefe?

Ouviu-se um coro.

– É o senhor, chefe!

Mais do que o fato de escutar tantas vozes, Ilario Da espantou-se com a disciplina desses prisioneiros, que revelava o estado de submissão em que estavam. Apoiou a cabeça contra a parede e, graças à pequena abertura deixada em sua venda, conseguiu passar os olhos pela cela. À primeira vista, o espaço media quatro metros de comprimento e dois de largura, estreito demais para as dezesseis pessoas que conseguiu contar. As paredes eram salpicadas de lascas de pintura azul, e uma lâmpada horrenda, no meio do teto, ficava acesa a noite toda. Seis cadeiras, em fila, alinhadas à parede, constituíam o único mobiliário, e leitos sobrepostos, com estrados de madeira, se enfileiravam.

Ele estudou as fisionomias abatidas dos jovens detentos, a maioria vítima de fraturas, as cabeças caídas e exaustas, as mãos algemadas, roxas, por força da pressão. Com as pernas afastadas diante de poças de saliva, as roupas imundas e as barbas longas, todos os corpos pareciam destroçados por derrotas, humilhações e castigos. Alguns tinham queimaduras graves, outros, cortes profundos. A cada passagem dos guardas, sempre havia um que, rompendo o silêncio, pedia, num lamento:

– Água, por favor.

O eletrochoque dava sede. Ao fim de uma hora de solidão, um tímido rumor no fundo da cela foi ouvido. Ilario Da pensou primeiro que se tratava de um grupo de militares infiltrados, engenhosamente misturados aos prisioneiros, que simulavam uma conversa para arrancar informações. O rumor da discussão, encorajada pela tolerância dos outros, ficou cada vez mais forte até que uma terceira voz se juntou. Logo, passos no corredor interromperam a desavença.

– Quem falou? – indagou o guarda.

Ninguém respondeu.

– 392, é você?

– Não, chefe.

– Então deve ser sua namorada.

Ao lado do 392 sentava-se um adolescente que devia ter dezoito anos, os cabelos longos, a camisa rasgada, pintada com o sangue de uma antiga seção de tortura. O guarda o fez sair, enganchando-o pela nuca, e fechou a porta atrás de si. Dois minutos não se passaram até que ressoasse um grito. Da cela, era possível ouvir como lhe batiam e eletrocutavam. Ele se agarrava desesperadamente a seu álibi, repetindo a mesma desculpa, dando nomes que não satisfaziam os torturadores, provavelmente por serem de pessoas que já estavam no exílio ou mortas. Soube-se, dias depois, que aplicaram nele a técnica da grelha, que consistia em amarrar um detento a uma cama metálica cujos pés de ferro se ligavam a cabos elétricos, usados para aplicar descargas no ânus, entre os dedos, sob as axilas e nos cantos dos olhos. O rapaz negava tudo, sua relação com a resistência, sua filiação ao MIR, seus contatos com as cabeças pensantes e os arquitetos do movimento. A sessão durou cinco horas.

Os calvários se sucederam assim durante todo o dia. Ilario Da resistiu a todas as torturas, por vaidade, por orgulho, ou talvez por ter aceitado de uma vez por todas colocar toda a culpa nas costas de Hector Bracamonte, esperando que ele não pudesse julgá-lo, por estar no ou-tro mundo. A prisão esculpiu sua figura com aspereza. O jovem rapaz arrogante e sedutor que ele tinha sido durante os anos em Santo Domingo se tornou, em poucas semanas, um adulto arrasado, de traços talhados à foice. Sua pele adquiriu uma tonalidade morna com reflexos vermelhos, e seus cabelos, antes volumosos, agora eram finos e quebradiços. Nada do fogo de sua mãe, nada da juventude insolente de seu pai. Aqui, em Villa Grimaldi, ele era o filho da besta e do defunto.

Na cabana, o prisioneiro 392 era o encarregado de distribuir a água, com a ajuda de uma pequena xícara que ele enchia num botijão na entrada da cela. O homem seguia uma ordem precisa, como se existisse uma hierarquia secreta entre os condenados, e despejava a água lentamente, tocando as bordas com a outra mão, para desperdiçar o mínimo possível. O turno era longo, e a espera se fazia num silêncio respeitoso, a ponto de se escutar cada gota escorrer na goela do vizinho. Quando a distribuição terminava, dava-se a ordem de dormir. Alguns tinham direito a beliches, outros deitavam-se entre as cadeiras, mas a maioria dormia empilhada mesmo, uns jogados sobre os outros, como leões-marinhos, as cabeças sobre os joelhos, os pés sobre as costas do vizinho. Todos sofriam com o corpo dolorido, tinham as línguas secas, as barrigas ocas, e, embora houvesse uma solidariedade entre os detentos, ainda que se insinuasse uma união de povos oprimidos, cada um se preocupava consigo próprio.

No dia seguinte, os guardas repetiram as instruções. É proibido falar, chamar, lamentar. Em poucas palavras, o único direito era o de permanecer dezoito horas numa cadeira, ou no chão, aguardando por uma seção de tortura. Almoçavam na mesma mesa onde eram eletrocutados. Os olhos sempre vendados, sentados em fila, divididos em seis grupos, as cabeças baixas, sem autorização para pronunciar nenhum som, comiam um prato imundo, composto dos restos das refeições dos guardas – caroços de azeitonas, velhos ossos de galinha, cascas de tangerina, pedaços de cartilagem, grãos de arroz mastigados, que eram fervidos em marmitas. Desse dia em diante, até o fim de sua vida, Ilario Da, em todas as refeições que fizesse, repetiria, como numa oração:

– Quando se tem fome, tudo é bom de comer.

Pouco a pouco, desobedecendo aos guardas, os detentos começaram a impor suas próprias leis nas celas. Eles mudavam de lugar furtivamente, não tanto por comodidade, mas para criar uma variação reconfortante na rotina do dia. Passaram a trocar algumas palavras entre si, de forma extremamente vigilante, com os dentes cerrados. Ilario Da compreendeu que estava cercado de homens que se pareciam com ele, estudantes, conferencistas, professores universitários, advogados, comerciantes, todos dispostos a assinar qualquer papel para obter o exílio, a aceitar qualquer destino, a passar por qualquer provação, para sair do Chile. Eles eram prisioneiros de guerra, ou *prigué*, como se dizia, que passariam suas juventudes nas prisões de Rancagua, de Linares, de Talca, onde dariam, até sua libertação, cursos de matemática, de literatura inglesa, de astrofísica e de línguas escandinavas, aulas cujo nível era tão elevado que até mesmo os militares tomavam notas do outro lado do gradil.

Ilario Da conheceu Jorge Trujillo. Era um operário preso por uma simples suspeita após uma greve na fábrica em que trabalhava. Ele se expressava sem metáforas e sem política, sem eloquência nem pedantismo, era modesto e não se via como um mártir. Desapareceu logo após sua chegada. Conta-se que, em plena seção de tortura, confessou que conhecia um ponto de encontro do MIR num restaurante. Os militares fizeram-no *porotear*, ou seja, sentar-se sozinho numa mesa do restaurante e, vigiado de outras mesas, entregar, indicando-os com gestos discretos, militantes procurados que ali estivessem. Conta-se que ele encomendou o melhor vinho e o prato mais caro do cardápio e, durante toda a refeição, não levantou uma só vez o nariz. Quando lhe trouxeram a conta, apontou para os militares disfarçados em trajes civis.

– Sou convidado desses senhores.

Oferecera a si mesmo seu último jantar. Não foi visto novamente. Ilario Da conheceu outro prisioneiro, um velho salitreiro, antigo militante do Partido Comunista, grande admirador de Recabarren, a quem chamavam Don Hugo. Ele tinha fabricado *miguelitos* às escondidas, pois sua mulher o proibia de se engajar em atividades subversivas. Os *miguelitos* eram pregos tortos que deviam ser espalhados pelas pistas, perto de regimentos e de postos de polícia, logo antes do toque de recolher, de forma a furar apenas os pneus das patrulhas de vigilância. A operação acabou mal, e ele agora repetia, enquanto agitava suas algemas:

– É preciso sempre escutar sua mulher.

Havia também um grande marmanjo moreno que se dizia proprietário de uma salsicharia em sociedade com o pai. No dia de sua prisão, pagara seu fornecedor com um cheque sem fundos. Agora, cobria o rosto barbado com as mãos e se lamentava.

– O que quer que aconteça, mesmo se eu sair daqui, vou para a cadeia por vigarice.

Outro preso, um homem de uns quarenta anos chamado Carmelo Divino Rojas, era diretor de uma revista editada em Concepción, que seria relançada pelo jornalista Armando Laberintos, durante seu exílio francês. Certa manhã, foram prendê-lo em casa, sem mandado nem motivo conhecido, quando ele jogava dominó com um sobrinho. Tinha decidido se afastar da redação exatamente para evitar envolver-se em assuntos políticos. Foi espancado, torturado, e quando o trancaram na Villa Grimaldi, apesar de ter demandado um tratamento especial por ser jornalista, jogaram-no na mesma cela que os outros. Às vezes, num acesso de ira, ele não conseguia impedir-se de dizer em voz alta:

– Vocês, ao menos, sabem por que estão aqui. Vocês resistem melhor, porque sabem pelo que morrem. Mas eu, eu sou um homem de direita. Eu deveria estar do outro lado.

Naquele dia, um guarda abriu a porta com um pontapé.

– Quem está falando?

Ninguém se mexeu.

– É Carmelo? É você? De toda forma, você pode começar a se despedir. A sentença acabou de sair: vai ser fuzilado.

Puseram-no para fora. Amarraram-no, vestiram-lhe um capuz negro, e três guardas, destacados do contingente, formaram um pelotão de execução. Eles levantaram os fuzis. Um quarto soldado leu a sentença e fez o sinal. Mas em vez dos tiros, o que se ouviu foi uma explosão de risos.

– Olhem só, desmaiou como uma menininha!

Ele acabara de vivenciar sua primeira falsa execução. Então levaram-no, puxando-o pelos braços, ainda inconsciente, até a sala de interrogatórios e o torturaram durante uma hora, fazendo-o engolir cápsulas de pentotal de sódio, à época usada como soro da verdade. Destroçado, ele retornou à cela quando escurecia, quase inanimado, esfolado vivo. Os outros o ajeitaram com cuidado. Fizeram-no deitar na melhor cama. Quando conseguiu abrir a boca, ele murmurou:

— Eu nunca mais serei livre. Eu disse tudo.

Em dezembro, os prisioneiros e os torturadores passaram o Natal juntos, apinhados num velho paiol escondido num bosque de salgueiros perto dali. Por volta de dezoito horas, um guarda trouxe um rádio e sintonizou o jogo de futebol entre Huachipato e Union Española. O volume era alto o suficiente para que os detentos, através das grades, pudessem acompanhar a partida, o que provocou um debate que eles prolongaram ao máximo possível, expondo diferentes pontos de vista sobre as duas equipes. No fim, os vigias, entediados por terem que passar a noite de Natal trabalhando, exigiram que os prisioneiros contassem piadas. O prisioneiro 392 foi chamado primeiro e contou, com uma voz curta, os olhos beirando o solo, o corpo tremendo, uma anedota ousada que tratava de dois padres num mictório.

Depois, foi a vez de Ilario Da que, num canto, mantinha-se quieto.

— Não conheço nenhuma, chefe.

— Então cante alguma coisa para a gente.

— Eu não sei cantar, chefe.

O guarda teve um acesso.

— Vamos ver se você não sabe cantar, comunista de merda.

Ele abriu a porta. Todos se endireitaram. O guarda segurou Ilario Da pelo braço e o lançou no corredor. Nesse momento ouviu-se da cela uma voz altissonante.

Era um tango. *Volver,* de Carlos Gardel. O canto solitário vinha da garganta de Carmelo Divino Rojas, que, apesar da fragilidade de seu estado, tinha aproximado o rosto das barras para que a música inundasse as outras celas. Outras vozes se juntaram à dele, e a Villa Grimaldi, num instante só, mergulhou num profundo recolhimento para escutar a canção, e Ilario Da entendeu que ainda não os haviam matado completamente, que eram ainda capazes de fazer pairar, para além das vendas e dos espinhos, um mesmo sonho em versos que falam de um retorno sonhado e de uma face tristonha.

Já de pé, Ilario Da ouviu, do meio do tumulto, um grito bestial, uma outra voz, desta vez de um homem velho que era trazido ao local. Um guarda insistia que ele entregasse o esconderijo de seu filho, mas o velho aguentava, negava tudo. Caíram sobre ele, muitos, com seus porretes. Todos compreenderam que era o pai de Julián, alto dirigente do MIR, procurado desde 11 de setembro em todo o país. Ao fim de meia hora, o velho foi jogado na cabana com violência. Tranquilamente, instalou-se na cadeira mais próxima à porta.

– De qualquer forma, eu não tinha me programado para sair hoje.

Os prisioneiros riram com embaraço, mas a verdade era que o velhinho, naquela tarde, trazia uma informação preciosa.

– Dizem que a embaixada francesa está fazendo pressão. Eles vão libertar um *franchute* essa noite.

De início, Ilario Da não acreditou. Mas pouco antes do cair da noite, ouviu passos no corredor. O guarda, à porta, gritou:

– *Franchute,* levante essa bunda.

Em 30 de dezembro, Ilario Da foi libertado da Villa Grimaldi, o corpo cortado, açoitado, com onze quilos a menos, assombrado por uma liberdade repentina que lhe parecia frágil e injusta. Puseram-no na traseira de um veículo civil, um Volkswagen K70, e Ilario Da pensou que tudo aquilo poderia ser mais uma farsa para fazê-lo desaparecer no vazio do deserto do Atacama. Mas, à medida que avançavam, ouviu o som de buzinas de uma grande cidade, a música que vinha das lojas e dos ônibus, e concluiu que estavam percorrendo a Avenida O'Higgins, ou talvez a Simón Bolívar, no centro da capital.

Quando o fizeram sair do carro, a mão delicada de uma mulher segurou sua cabeça para evitar que batesse na borda da porta. Ela se encarregou de acompanhá-lo até o interior de um prédio e de retirar cuidadosamente o esparadrapo que cobria suas pálpebras.

– Abra aos poucos os olhos. A luz aqui é muito forte.

O mundo era restituído à sua vista. Ilario Da olhou bem em volta e reconheceu a Fiscalia Militar. Fizeram-no entrar numa sala estreita no topo de uma escada. Escritórios se sucediam num subterrâneo de células onde homens de gravata teclavam em máquinas de escrever. A jovem mulher ofereceu um cigarro, mas Ilario Da recusou a cortesia:

– Estou aproveitando para deixar de fumar.

Ele se viu num escritório onde o único móvel era uma mesa e, na parede em frente, uma foto ampliada de Augusto Pinochet. Dois homens bem barbeados, vestidos cada um com uma camisa fechada por um botão de ouro, leram em voz alta seu nome de família e pediram, depois de arregaçarem as mangas, que contasse nos menores detalhes a tarde daquela sexta-feira de dezembro.

Ilario Da, com uma frieza pesarosa, repetiu que Hector Bracamonte era um ativista, militante de extrema-esquerda, que escondia armas na fábrica. E que ele, por sua vez, não passava de um burguês com dupla nacionalidade, frívolo e superficial, que acabou sendo arrastado pelas circunstâncias. No fim da declaração, um dos oficiais deu-lhe uma caneta para que assinasse. Ilario Da não teve tempo de ler seu depoimento. Ao deixar a saleta, pensou em Hector, que, toda a vida, tinha lutado para deixar a lembrança de uma pessoa respeitável, sem queixas nem protestos, e que, apesar disso, teria, cinquenta anos mais tarde, seu nome listado entre os órfãos da História. Ele que, de culpa, só herdara a de ter, um dia, sentido fome.

Michel René

Em 21 de maio, o velho Lonsonier festejou seus cento e dezoito anos. Apesar do corpo encurvado pelas colheitas, ninguém estava em melhor posição do que ele para provar que a idade não tem nenhuma ligação com a passagem do tempo. Mesmo assim, fazia meses que não conseguia mais se lembrar do nome que tinha antes de se instalar no Chile. Habituara-se tão bem à sua segunda identidade que se esquecera da primeira. Flutuando num passado hesitante, deixara atrás de si a imagem do jovem viticultor que tinha sido um dia. Por outro lado, recordava, com uma nitidez luminosa, aquela tarde de outono em que conhecera um misterioso fugitivo que vinha da capital.

– Ele se chamava Michel René – disse para si mesmo, anotando o nome num papel.

Em 1873, um século antes do golpe de Estado, o velho Lonsonier herdou um modesto vinhedo nas encostas de Lons-le-Saunier. Nada em sua vida prenunciava o destino espantoso que o lançaria, meses depois, no outro lado do mundo. Em fins de agosto, seus pais morreram de febre tifoide, e, como se uma maldição tivesse atingido a casa, seu vinhedo começou, também, a perecer. O colapso era uma questão de tempo. A filoxera, um pulgão selvagem, já tinha chegado à França alguns anos antes, em Bordeaux e no País Basco, vindo dos Estados Unidos. Lonsonier ouvira falar de um certo M. Delorme, veterinário de Arles, que comandava um vinhedo no Sul cujas folhas ficaram amarelas em uma noite. Os arbustos de Lonsonier adquiriram a cor pálida de ouro andino, e umas bolhas sarnentas vieram agastar a superfície lisa de suas plantas. O bosque secou e esvaziou-se em poucas semanas. Cada pé tombado liberava ao vento milhares de pulgões invisíveis que se deslocavam de propriedade em propriedade, de cepa em cepa, levados pela chuva, varrendo de uma só vez séculos de viticultura. Só umas raras teias de aranha que se formavam entre as hastes eram capazes de conter um pouco seu avanço. Nunca se viu, na história da cultura dos vinhos franceses, uma catástrofe tão abrangente. No espaço de alguns meses, do Hérault até a Alsácia, já não se encontrava vivo nenhum pé de uva.

As municipalidades deram ordem de inundar as terras doentes, mas logo se percebeu que o inseto sobrevivia na água. Aplicaram produtos químicos que só fizeram acelerar sua propagação, matando as macieiras e os tomateiros vizinhos. As prefeituras mandaram queimar em grande escala as raízes, consumidas em enormes fogueiras que lembravam as da Comuna de Paris. Em grupos organizados, comissões estaduais borrifaram os campos com sulfato de cobre e sulfeto de carbono.

Lonsonier, cujas videiras ficavam a leste, foi beneficiado, num curto período, pela alta da cotação do vinho. Mas um dia, quando percorria suas escarpas, farejou nas cascas de suas videiras um odor acre, ácido e ferroso. As folhas estavam todas frágeis, escurecidas, pontilhadas de pústulas verdes, percorridas por crostas que pareciam cristais de cianeto. Ele fez um levantamento e descobriu que todos os ramos estavam conectados a galerias subterrâneas, onde pulgões sedentos exauriam a seiva das plantas, contaminando os terrenos e devastando as raízes baixas, como uma ditadura clandestina.

Um golpe de picareta permitiu que ele visse a olho nu as longas fileiras de pontas amareladas. Os pés estavam todos famélicos, os frutos, enrugados, e, à exceção de alguns velhos troncos mais resistentes que ainda constituíam muralhas de vida, toda a plantação assemelhava-se a um reino abandonado no meio de uma ilha. Pouco a pouco, as extensas linhas da propriedade de Lonsonier se transformaram num cemitério de plantas leprosas, cortado por vielas sombrias e tristes. Em algumas semanas, seus seis hectares eram incapazes de produzir uma só gota de vinho.

Ele tentou resistir. Consultou, dia e noite, volumes inteiros de entomologia e examinou com lupa as epidermes de suas cascas. Virou um especialista em medicina botânica. A guerra tenaz que conduziu contra o pulgão pareceu-lhe mais árdua e digna que a batalha dos Communards, dois anos antes, nas ruas de Paris. Mas, no fim, o que colheu foram uvas miseráveis. As de maior porte não chegavam ao tamanho de um amendoim, e os pés não ultrapassavam doze centímetros. Lonsonier estava arruinado. Ao constatar que sua plantação, para a qual tinha transplantado castas saudáveis e adicionado sulfato de cobre, continuava morta, entendeu que havia perdido, irremediavelmente, o combate. Lenhadores percorreram seu terreno para aproveitar a madeira a fim de revendê-la a construtores e aos *luthiers*.

Arrasado, ele capitulou. Quando considerou o luto por suas plantas devidamente cumprido, sua casa já era um sítio lúgubre onde, em noites solitárias, os fantasmas de seus pais erravam pelos corredores escuros. Todos os aposentos pareciam sofrer da mesma doença das videiras. Uma umidade escumosa subia pelas paredes, e as dobradiças das portas berravam, torturadas pela ferrugem que carcomia as engrenagens. As estantes estavam cobertas por uma espécie de neve feita de teias de aranha. As lixeiras encurralavam-se nos cantos da cozinha. As flores apodreciam nos potes, e o acúmulo de poeira criava como que montículos de ervas que começavam a abrigar colônias de formigas.

Então, Lonsonier teve a súbita convicção de que era tempo de partir. Fazia já cinco anos que os viticultores de toda a França deixavam seus domínios para se lançarem à aventura colonial. Os jovens solteiros, sem família nem herança, foram os primeiros a embarcar em navios rumo à Califórnia, onde se dizia que o Napa Valley, no nordeste de São Francisco, seria um dia convidado de honra no "Jugement des vins" de Paris.

A certeza da partida deixou-o tão desorientado que nem chegou a estranhar quando, numa quinta-feira de manhã, depois de se levantar para tomar café, viu que as lixeiras sempre amontoadas na cozinha tinham desaparecido. Ele atribuiu o sumiço a uma provável alucinação causada pela estafa. No fim do mês, não havia mais uma só formiga nos cantos da casa, as teias de aranhas tinham sido varridas, os gritos das dobradiças cessaram e seus mecanismos estavam impecavelmente lubrificados.

– Meu Deus – pensou. – Esses fantasmas vão acabar me expulsando de casa.

Não teve tempo de investigar o exótico fenômeno que percorria sua morada, pois, certa noite, aparecendo de surpresa em sua cabana de ferramentas, Lonsonier surpreendeu, deitado sobre uma esteira de palha, um homem que se levantou de um pulo assim que o viu. Assustado e trêmulo, parecia, contudo, inofensivo. Num primeiro momento, Lonsonier achou que ele vinha do outro lado do oceano, talvez da Califórnia. Mas o desconhecido desconhecia a América.

Era um homem jovem que tinha fugido da Comuna, em plena Semana Sangrenta, depois que um processo injusto o forçara a subir numa carroça de frutas e deixar o local às pressas.

– Se você me entregar, estou perdido – ele disse, num lamento.

Seu nome: Michel René. Toda a sua riqueza era um paletó marrom com colete de veludo, uma calça com listras vermelhas e um boné quadriculado. Tinha os olhos cinzentos e um nariz delicado, que davam aos seus traços um quê feminino. Meses antes, se topasse com um desertor dormindo em sua cabana, Lonsonier teria alertado a polícia. Mas agora, prestes a viajar, deixando para trás uma paisagem em ruínas, viu na presença do desertor a salvação de seu vinhedo.

Os dias que se seguiram foram todos dedicados aos planos do exílio. Os preparativos mobilizaram toda a imaginação que antes dedicara à tentativa de ressuscitar seus campos. Não que ele enxergasse, na partida, um caminho para o futuro, mas tinha perdido toda esperança de colher, das entranhas daquele continente, a mais miserável das uvas. Passou a anotar pontos de referência nos mapas, sublinhou livros sobre a Califórnia, tomou notas a respeito da conservação de videiras durante viagens longas.

De março em diante, vendeu metade de seus móveis para pagar a passagem e, com o salão apinhado de trouxas, caixas de papelão e malas cheias, aguardou a chegada de um *cap-hornier* que devia partir do Havre para a América no início da primavera.

Imperturbável, Michel René continuava a se levantar quando Lonsonier ia dormir. Saía no escuro e vagava em todas as direções, munido de uma caixa de ferramentas que ele mesmo fabricara, flutuando timidamente nos corredores do térreo. Consertava prateleiras bambas, limpava a chaminé, trocava o óleo das lâmpadas, com uma atenção silenciosa e uma delicadeza que fizeram Lonsonier desconfiar que o homem já tivesse trabalhado como mordomo. Apesar de puxar conversa com o desconhecido, Michel René continuava discreto sobre seu passado. A rudeza das fazendas, o rumor das prisões e a lei das caravanas fizeram-no enjoar dos homens, e nas ruínas daquele paraíso de uvas mortas, naquele refúgio de fantasmas e de barris furados, parecia ter achado um abrigo onde terminar seus dias em silêncio. Só falava para expressar gratidão ou aprovação. Quando Lonsonier o via deslizar como uma sombra efêmera na madrugada, ou como um gato tímido circulando entre as fileiras agora escassas do vinhedo, seu passo ansioso trazia a marca secreta de todas as humilhações.

Assim passaram-se algumas semanas, e, em 11 de abril, durante um dia nublado, Lonsonier fechou sua última bagagem e arrancou o único pé de uva que ainda não estava estragado. Pôs no bolso trinta francos e um pouco de argila. No dia da partida, depois de aparafusar as caixas, quebrou seu cofre de cerâmica para resgatar as últimas economias e foi até a cabana. Recordaria por muito tempo o momento em que, entrando no depósito de ferramentas, viu

Michel René pela primeira vez sem o boné e descobriu que tinha cabelos longos, presos por uma rede escura. Depois, ao examinar seus quadris, eles lhe pareceram mais generosos e fartos que os de um homem. A camisa, ligeiramente desabotoada, deixava aparecer um seio jovem e redondo. Compreendeu então que Michel René era uma mulher.

Uma parisiense de seus trinta anos, que integrara um batalhão de mulheres da Place Blanche, obrigada a se disfarçar de homem para lutar nas barricadas, com um falso uniforme e uma calça de listras vermelhas. Ferida, perseguida, ela se escondeu onde a sorte permitiu: em mausoléus de cemitérios, em antigos abatedouros e até, uma vez, nos ateliês imperiais de Napoleão, onde um matemático chamado Augustin Mouchot construía máquinas solares. Quando viu Lonsonier ocupando o espaço da porta, ela corou e, apressadamente, jogou uma coberta sobre os ombros para se proteger.

– Não me entregue – implorou.

Tinha sido caçada em todos os lugares. Em todos os bairros, em todos os subúrbios onde defendera seu direito ao trabalho, seu direito à instrução, seu direito ao Código Civil, seu direito de portar armas. Quando Lonsonier perguntou, surpreso, o motivo de travestir-se, ela respondeu com uma inacreditável segurança:

– Nos dias de hoje, não tenho nem o direito de ser mulher.

O espanto não o fez hesitar. Lonsonier pegou sua mala, deu a ela as chaves de casa e disse:

– Se esse lugar for renascer, que seja pelas mãos de uma fêmea.

Na mesma noite, Lonsonier deixou as terras de calcário e de cereais, de nozes e cogumelos, e embarcou num navio de ferro que saía do Havre para a Califórnia. Como o canal do Panamá ainda não estava aberto, a embarcação teve que contornar pelo sul da América e ele viajou durante quatro dias, a bordo de um *cap-hornier,* onde duzentos homens, em porões entulhados de gaiolas de aves, cantavam fanfarras tão barulhentas que Lonsonier foi incapaz de fechar os olhos até as proximidades da costa da Patagônia.

Um acaso da história o fez desembarcar em Valparaíso em 21 de maio. Demonstrava, sem saber, uma coragem tão admirável quanto a de seu filho Lazare, que partiria, anos depois, para combater na França; uma bravura tão exemplar quanto a de Margot, que voaria sobre o Canal da Mancha; e uma determinação tão briosa quanto a de Ilario Da, que se calaria sob tortura, enxertando, assim, a primeira raiz de sua descendência. Muitos anos mais tarde, já um homem velho, instalado em Santiago com sua família, Lonsonier continuava a se perguntar se Michel René realmente existiu. Mas no dia em que seu filho Lazare quis saber de onde vinha sua família francesa, só uma resposta lhe veio à mente, projetada numa antiga lembrança envolta numa nuvem fugidia e infestada de pragas:

– Quando você for à França, encontrará Michel René. Ele vai lhe contar tudo.

Esse nome passou de geração em geração, durante um século, com a prudência de um talismã. Foi por isso que, em setembro de 1973, quando Ilario Da desapareceu nas prisões chilenas, Margot amaldiçoou aquele ano em que a filoxera declarou guerra aos vinhedos franceses.

Três semanas se passaram desde a prisão, e a única coisa que se sabia era que a junta militar deixava impunes seus delitos, suas culpas e seus crimes, e que não restaria nenhum registro de seus abusos. Sentada num banco nas instalações dos carabineiros, Margot aguardou, tantas vezes, taciturna e solitária. Diziam que ela tinha enviado tantas cartas à embaixada que a tinta em seus dedos não podia mais ser lavada. Já fazia tanto tempo que abandonara a ideia da reaparição de Ilario Da que passara a vagar pelos comissariados, como, em outros tempos, fizera Michel René pelos corredores da casa, contemplando no espelho seu rosto esquelético, ressequido e resignado e confundindo seus traços com os dos desaparecidos nas listas da Dina. Desde então, suas buscas se resumiam ao necrotério e aos hospitais. Voltava para casa abalada por essas visitas, que confirmavam com horror o massacre de toda uma geração. Na penumbra de seu quintal, onde havia sentido as vertigens da ciência e as impaciências do amor, ela se deixava mergulhar num declínio funesto, como uma viúva isolada, o coração em retalhos, e era com muita dificuldade que ainda aceitava as visitas de Bernardo Danovsky.

– Você é o único que me entende. Porque, como eu, você perdeu um filho.

Assim, durante todo o mês de janeiro, o velho diretor a visitou, trazendo especialidades judaicas, *gefilte fish*, sopas de beterraba, *bilkalej* e *varenike*, cujos perfumes temperados impregnavam os cômodos vazios sem, contudo, mascarar a pestilência de sua alma. Ele teve a impressão de que a pele de Margot ia assumindo a cor metálica de uma fuselagem, que seus ombros se fechavam, que suas mãos tinham encurtado e que tudo nela se confundia com a espera da morte e a tristeza de existir. Sugeriu-lhe que voltasse a frequentar as reuniões pacifistas, que mudasse os móveis e que cultivasse novas plantas no jardim. Mas Margot, num desespero que tangenciava a loucura, estava mais dedicada a procurar seu filho em sonhos premonitórios, nos vislumbres das cartas de tarô, nos símbolos ocultos gravados em folhas de chá e na cinza dos charutos, perdida em oráculos cujas respostas ela mesma antecipava. Estava num tal estado de privação que nem se moveu quando, num sábado, por volta de três horas da tarde, tocaram a campainha.

– Deve ser o diabo – pensou.

Mas quem chegava ao jardim, depois de ter atravessado a casa sem dizer uma palavra, era um rapaz esfomeado, com uma calça rasgada até o joelho sustentada por uma corda amarrada como cinto, as roupas em trapos, a camisa manchada de sangue e o crânio raspado coberto de cicatrizes negras, que ele tentava disfarçar com um boné perfurado. O rapaz não era mais um rapaz, era um espectro da ditadura, a metáfora grosseira, horrível, medonha, de um povo sacrificado. Ao vê-lo, Margot achou que vinha mendigar um naco de pão. E quando seus olhares se cruzaram, ela não reconheceu seu filho, tomando-o por um outro fantasma desertor de uma antiga guerra colonial.

– A vida me enviou um segundo morto – disse.

Ilario Da estava tão despedaçado, humilhado, extenuado, que Margot entendeu que ele vinha de um inferno ainda mais subterrâneo que o seu. Na confusão desse retorno, ela fez o que todos os Lonsonier fariam: correu para encher precipitadamente a banheira, convencida, por uma herança familiar, de que o banho era um dos únicos remédios contra a infelicidade. Quando Ilario Da se despiu diante da mãe, ela viu marcas tão profundas e feridas tão sérias que lhe veio a imagem de um exército inteiro marchando sobre seu corpo. Na banheira do velho Lonsonier, ela o lavou com uma luva tricotada, polvilhada com esfoliante de grãos de linhaça, e envolveu suas têmporas com uma máscara de rosa-almiscarada que deixou descansar sobre suas cicatrizes durante três horas. Os sacos de gelo sobre a cabeça fizeram a febre baixar. Ela lhe aplicou um emplastro de ervas com sangue de galinha preta, o mesmo que Aukan empregara no pulmão de Lazare, pois, ao vê-lo daquele jeito, chegou à dolorosa conclusão de que todos os homens da família sofriam dos mesmos males e deviam se tratar com os mesmos métodos.

Depois do banho, ele conseguiu cochilar, mas despertou num sobressalto, gritando por ajuda. Só se acalmou quando Margot acorreu e, à base de infusões de morfina líquida, segurou-o à cama. Era como se o assassinato de Hector Bracamonte, o medo de ser torturado novamente, os traumatismos de seu corpo ainda agônico tivessem revivido nele as mesmas imagens de pesadelo que assaltaram Lazare quando seus irmãos desapareceram. Assim, durante os dias que se seguiram ao seu retorno, germinaram entre mãe e filho vínculos desairosos e sublimes, que a lançaram num combate contra a morte, e ele, numa luta contra a loucura. Numa noite em que delirava, gritando o nome de Hector e falando de Carmelo Divino Rojas, os olhos prestes a saltar e a espuma precipitando-se nos lábios, Margot tomou uma decisão que ninguém poderia mais reverter:

– Vamos sair deste país em uma semana.

Como as providências para obter uma autorização para deixar o território eram lentas demais, ela tomou as rédeas da situação. Por uma decisão tão instintiva quanto a de se engajar nas Forças Aéreas Livres em outro continente, passou a Aukan a tarefa de completar a cura de Ilario Da e foi até o aeródromo de Tobalaba, onde retomou a construção de seu avião. Reuniu um grupo de velhos mecânicos com quem havia mantido contato depois da guerra e estimou que seu aparelho, montado de modo intuitivo como o *Spirit of Saint-Louis* de Charles Lindbergh, seria perfeitamente capaz de atravessar a Cordilheira.

O monoplano, adormecido sob a alta cúpula de um armazém, repousava no meio de outras máquinas que também hibernavam, embebidas numa penumbra fria como a de uma catedral. Passou a ir diariamente ao aeródromo. Invadida por uma juventude restaurada, ela mandou os mecânicos regularem o painel de bordo, reforçarem as asas e restaurarem a transmissão de combustível, construindo um monstro artesanal sem a menor ideia de suas capacidades. Esse projeto insólito, derrotado no passado em meio às teimosias da adolescência, reacendeu em seu peito a natureza guerreira, estagnada desde seu retorno do *front*. Quando terminou seu trabalho obstinado, o avião estava pronto para partir. Bernardo, estudando os detalhes do mapa da Cordilheira, traçou o itinerário mais seguro.

– De dia, você verá melhor. Vou liberar a pista ao amanhecer.

Margot o encarou com uma doçura confusa. Sabia que sua ambição a condenara a resvalar, sempre, no perigo. Esperara tanto tempo por esse voo, sacrificara tantas coisas, atenta a um apelo messiânico, que sua voz não tremeu quando se opôs:

– De dia, nós seremos vistos.

Pela primeira vez desde que se conheceram, ela foi seca e decidida diante de Bernardo. Ele não ousou contestar a decisão inscrita em seus olhos selvagens:

– Vamos decolar esta noite.

Nem a prudência da amizade, nem as muralhas de gelo, nem as armadilhas da nostalgia a fizeram hesitar. Voltou para casa, esvaziou o quarto, resgatou de um pequeno cofre suas raras economias e arrancou a videira do jardim, pendente sob uma folhagem rarefeita, com a mesma cerimônia que seu avô Lonsonier demonstrara no dia em que a plantou. Mandou Ilario Da cobrir o corpo de graxa e de cascas de cebola, para reduzir os efeitos da falta de oxigênio na altitude, e escondeu um machado sob o seu assento, mais por superstição que por necessidade.

Às vinte e duas horas, Margot e Ilario Da deixaram o terreno de Tobalaba, guiando-se pela sinalização luminosa que Bernardo instalou numa das pistas. Subiram em espirais, bem alto, até alcançar quatro mil metros, e tomaram a direção dos Andes. Em meia hora, já estavam nas montanhas.

No meio do céu, Margot supôs, sem conseguir realmente vê-lo, que o vulcão de Tupungato se exibia diante dela, nas muralhas centrais, lá onde se forma uma selada de vales nevados, num desfiladeiro de paredes sucessivamente crescentes. Ela não tirava os olhos dos picos e dos sopés do Aconcágua, que imaginara no tracejo dos mapas e que, agora, sob seus pés, se revelavam como depressões rochosas, crateras gigantes e lagos que a estação começava a degelar. As fendas de passagem eram poucas, sinuosas, e as colunas eram muradas como numa fortaleza, de modo que a cada movimento Margot tinha a sensação de acariciar com a ponta de suas asas a pele dos rochedos.

Ao fim de quarenta e cinco minutos de voo, ela calculou que deviam ter transposto mais ou menos a metade da cadeia montanhosa. Vigiava com uma atenção milimétrica a trajetória, enquanto Ilario Da oscilava entre o medo e o sono, ainda fragilizado pela tortura, o rosto aturdido, colado à janela. Por volta das vinte e três horas, o avião foi sacudido por uma forte perturbação de correntes de ar. Ela deixara escapar à sua atenção um esporão rochoso e teve a impressão de que forças invisíveis a lançavam contra a parede, mas acabou conseguindo corrigir o aparelho. Várias vezes achou que ia afundar, atraída pelas prodigiosas rajadas dos Andes, mas escapou delas por algum milagre. Foi durante uma dessas turbulências que uma lufada poderosa, mais sustentada, a projetou numa coluna de ar tão violenta que o avião borboleteou como uma folha seca. Assustada, Margot distinguiu uma escarpa entre duas muradas de rocha e conseguiu evadir-se. Mas assim que entrou nesse corredor, logo foi apanhada por um funil que, por sua forma apertada, criava uma série de turbilhões que a lançaram para baixo.

Margot desligou o motor e começou a planar. Percebeu ao longe uma chapada de uns quatrocentos metros, grande o bastante para pousar, e girou o eixo do aparelho no sentido do platô. Com gestos precisos, entre as lombadas e as rochas, sobre um terreno de neve fresca, ela aterrissou bruscamente, mas em segurança. Um choque ruidoso fez a máquina tremer. O avião saltou, deslizou aos tropeços, evitou um barranco, e, enfim, foi parando. De imediato, Margot largou os comandos e saiu da cabine. Em volta dela, por todos os lados, viu as cimeiras espelhadas, atingidas por um vento glacial, cumes uivantes, coroas de marfim, um cemitério de gigantes que se estendia a perder de vista. Inspecionou os arredores e, embora a abertura na montanha fosse estreita, alegrou-se de ver que a plataforma era em leve declive, na direção de uma passagem entre duas extremidades, com espaço suficiente para as asas. Sorriu.

– Vamos utilizar como trampolim para partir.

Estavam a quatro mil metros de altitude, numa temperatura de menos dez graus, mas Margot, guardando a memória de Los Cerrillos, do porto de Londres e dos caças alemães sobre o Canal da Mancha, recuperou uma bravura que retesou seus músculos. Estudou bem o terreno, o estado da fuselagem e do trem de aterrissagem, dando voltas em torno de sua máquina como um mecânico num hangar. Num sopro de súbita inspiração, pôs-se a torcer os cabos usando couro, a martelar a chapa metálica, a reequilibrar os descansos, enquanto mandava Ilario Da retirar peças secundárias para aliviar o peso do avião. As mãos dos dois estavam azuladas, e ambos sangravam pelo nariz. O nevoeiro era tão frio que perderiam a sensibilidade nos pés por dois dias. O congelamento provocou fissuras nos dutos do radiador, e foi preciso usar todas as calças que estavam nas malas para tapar os buracos. Com uma ousadia insensata, Margot, concentrada no aparelho do qual conhecia cada centímetro como um prolongamento de seu corpo, previu que, se fosse lançado sobre a rampa, ele decolaria e se sustentaria no ar.

– É a nossa única chance.

Instalou-se, agarrou-se aos comandos e ligou o motor. Ilario Da empurrou o avião com cuidado na direção do plano inclinado. As rodas deslizaram sobre o gelo e a máquina começou a descer a rampa. Ilario Da embarcou rapidamente na traseira e Margot, excitada pela aventura, acelerou no nível do trampolim e acionou o leme de profundidade. Arqueou o aparelho no limite da ruptura, ganhou altura novamente, tomou velocidade, desafiou o vento às cegas e, usando a mesma corrente de ar que havia provocado a queda, guinou na direção do vale onde a Argentina, ao fundo, despontava.

À meia-noite, Ilario Da e Margot avistaram Mendoza. Os que se lembrassem dessa noite diriam que o céu estava branco quando viram surgir um avião estranho, de onde saíram uma mulher com longas tranças e um jovem tosquiado cujos pés congelados o impediam de caminhar.

– Que maravilha – exclamou Margot. – Eu deveria ter feito isso a vida toda.

***

Na primeira terça-feira de janeiro, o navio *Sainte-Croix* levantou âncora em Buenos Aires, com destino a Saint-Nazaire. Mas Margot não embarcou. Permaneceu imóvel no cais argentino, o olhar fixo num ponto imaginário do horizonte, sabendo que nada a esperava na Europa, nada além de uma turba de perigosas lembranças.

– Não posso. Não viverei num continente que já me viu morrer uma vez.

Tirou da bolsa uma pilha de velhas folhas murchas, amareladas, ligadas, como num caderno, por um único barbante, e pôs o volume na bagagem do filho.

– Resgatei essas folhas da caixa vermelha. Faça o que quiser com elas.

A embarcação recolheu suas passarelas, cujas cordas pareciam serpentes brancas, e Ilario Da pisou a bordo. Seu adeus foi sem palavras, sem gestos. Nenhum dos dois acenou de longe. Os olhos de Margot se cobriram de um extravio que a acompanharia até o fim. Ilario Da, as têmporas ainda inchadas, as pernas trêmulas, não teve forças de prometer que voltaria. Assim ele a reveria sempre que quisesse, de pé sobre um cais de pescadores, cansada de trazer às costas meio século de lutas. Nas águas do Río de la Plata, o exílio do último Lonsonier começava. Ilario Da se deu conta de que estava cercado de passageiros despreocupados, homens e mulheres que aparentavam ignorar a ditadura, e lhe pareceu absurdo que, para continuarem a viver, essas famílias tomassem a mesma embarcação que, simultaneamente, o salvava da morte. O mais doloroso para ele, porém, era a certeza de que sua partida abria a rota a milhares de chilenos que, depois dele, se apressariam em subir a bordo de outros barcos e aviões, em atravessar a Cordilheira em lombos de mulas, e que esses homens e mulheres ainda aguardavam em prisões frias os carimbos das administrações estrangeiras, as permissões das alfândegas, os salvo-condutos militares, para lançarem seus destinos a regiões distantes onde seu sofrimento era ignorado.

A França, nessa época, acolhia refugiados políticos de todo o mundo, como uma nova terra de asilo. No entanto, a possibilidade de renunciar à luta, de nunca mais voltar ao Chile, isso ele nunca cogitou. Não existia vida interessante, nobre e brava, fora do combate político. Seus camaradas, que não possuíam dupla nacionalidade, tinham ficado em Santiago. Ilario Da sentia no coração essa injustiça, e considerava seu retorno ao Chile como uma evidência. Não supunha, ainda, que ficaria mais de dez anos em Paris. Ignorava que se instalaria num sótão estreito, vazio de condores ou araucárias, onde escreveria o relato de sua tortura, e que deveria reencontrar, muitos anos mais tarde, no Bois de Vincennes, durante um jogo de futebol, uma certa Venezuela, mulher corajosa vinda de um país de orquídeas e petróleo, de barcos carregados de especiarias e de dores, que o guiaria na trilha de uma outra revolução.

Nos devaneios da travessia, enquanto flanava pela ponte do navio, Ilario Da mergulhava novamente no passado e via eclodirem suas horas mais ricas. Então, tirou da mala o caderno costurado por Margot e começou a escrever. Não era só por necessidade de testemunhar. Esse desejo pela tinta vinha de mais longe, extraído dos poços da nostalgia, do tempo em que aprendera com Aukan as maravilhosas histórias das meninas que nasciam do fogo e dos gigantes que se transformavam em estátuas de madeira. Agora que despovoava seu passado, parecia-lhe que o rosto de Hector se delineava contra a intensa claridade do mar, claro e sereno, mais próximo à medida que o navio se afastava da costa.

Assim, como no dia em que o velho Lonsonier atravessou o Atlântico, depositando a primeira peça de xadrez sobre o tabuleiro das migrações que abarcaria sua família, cem anos depois, passadas duas guerras mundiais e uma ditadura, seu bisneto tomava o caminho de volta. Talvez, em meio século ainda, um novo exílio viria se somar ao longo e lento desenrolar dos acontecimentos, numa infinita floresta de buscas, de dores e de nascimentos.

Quando a costa francesa apareceu, Ilario Da teve a sensação de que só naquele momento aquele país começava realmente a existir. Numa terça-feira de outono, ele desembarcou com trinta francos num bolso e um pé de uva no outro. Não tinha nada no mundo além de um casaco cinza e um par de botas. Na mala, trazia o manuscrito do *front* chileno. Quando chegou ao posto da imigração, enfrentou uma longa fila. Uma hora depois, um funcionário da alfândega perguntou:

– Nome?

Essa pergunta enigmática despertou em sua memória um eco profundo. Mesmo longe da ditadura, longe dos carabineiros, ele foi invadido pelo temor de ser procurado do outro lado do oceano. Pensou em vários apelidos, pseudônimos, codinomes, mas o único que lhe veio à tona foi aquele que seus ancestrais, insistentemente, repetiram:

– Michel René.

A mulher não ergueu os olhos. E com um gesto negligente da mão, destinado a rebatizar, numa linha simples, uma nova genealogia, ela anotou na ficha:

Michel René

Este livro foi composto com tipografia Adobe Garamond e
impresso em papel Off-White 80 g/m² na Formato Artes Gráficas.